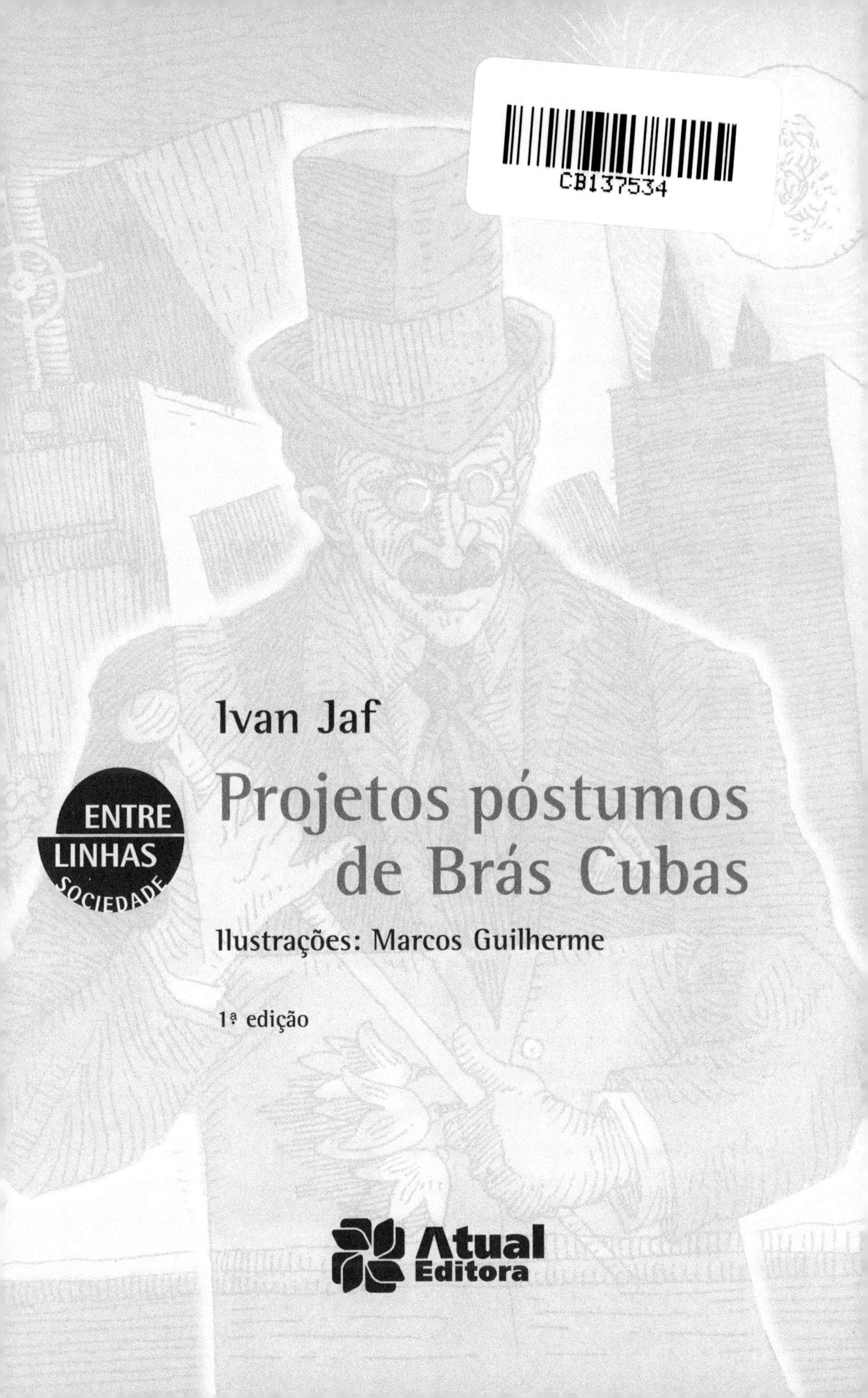

Ivan Jaf

Projetos póstumos de Brás Cubas

ENTRE LINHAS SOCIEDADE

Ilustrações: Marcos Guilherme

1ª edição

Atual Editora

Série Entre Linhas

Editor • Henrique Félix
Assistente editorial • Jacqueline F. de Barros
Revisão • Pedro Cunha Jr. e Lílian Semenichin (coords.) / Janaína da Silva / Elaine Del Nero

Gerente de arte • Nair de Medeiros Barbosa
Diagramação • Edsel Moreira Guimarães
Projeto gráfico de capa e miolo • Homem de Melo & Troia Design
Coordenação eletrônica • Sílvia Regina E. Almeida
Produção gráfica • Rogério Strelciuc
Impressão e acabamento • Log&Print Gráfica, Dados Variáveis e Logística S.A.
OP: 248908

Suplemento de leitura e projeto de trabalho interdisciplinar • Nair H. Kayo
Preparação de textos • Maria Cecília F. Vannucchi

Dados Internacionais de Catalogação na Publicação (CIP)

Jaf, Ivan
Projetos póstumos de Brás Cubas / Ivan Jaf; ilustrações Marcos Guilherme. – 1. ed. – São Paulo : Atual, 2006. (Entre Linhas: Sociedade)

ISBN 978-85-357-0652-9

1. Literatura infantojuvenil I. Guilherme, Marcos. II. Título. III. Série.

CDD-028.5

Índices para catálogo sistemático:

1. Literatura infantojuvenil 028.5
2. Literatura juvenil 028.5

18ª tiragem, 2024

SARAIVA Educação S.A.
Avenida das Nações Unidas, 7221 – Pinheiros
CEP 05425-902 – São Paulo – SP
Tel.: (0xx11) 4003-3061
www.coletivoleitor.com.br
atendimento@aticascipione.com.br

CL: 810456
CAE: 602617

Sumário

Nota do autor: Como o próprio fantasma de Brás Cubas informará neste livro, grande parte de suas falas foi extraída da obra Memórias póstumas de Brás Cubas, de Machado de Assis. Estão assinaladas em itálico. Fiz alterações mínimas e alguns encaixes, procurando a fluidez e a naturalidade dos diálogos. Pelos mesmos motivos, optei por não os apresentar segundo os sinais gráficos padronizados para esse tipo de citação, como reticências e intervenções entre colchetes.

Um pouco de gramática

Eu sempre fui muito distraído. Mesmo quando estava lá, deitado no caixão, o rosto aparecendo entre aquelas flores murchas e com os dois chumaços de algodão ridículos enfiados no nariz, eu pensava em outra coisa. Não pensava na morte, nem em para onde eu ia, nem em céu ou inferno. Na verdade eu refletia sobre os tempos verbais.

Deve ter sido algo que o padre disse no velório. Aquela frase do começo da Bíblia: "No princípio era o verbo"... Agora, depois de morto, eu me perguntava: tudo bem, mas em que tempo?

Verbo é ação, e ação é o que a gente tem de fazer desde que nasce até que morre. Aí eu me perguntei: em que tempo verbal eu conjuguei o verbo da minha vida?

Nada fiz no presente. Não deixei nada feito no passado. E agora, morto, é tarde demais.

Se eu tivesse feito... Se eu tivesse conseguido... Se as coisas tivessem acontecido... Meu tempo verbal foi o pretérito mais-que-perfeito do subjuntivo.

O vizinho famoso

Lá estava eu, já na minha sepultura, o caixão fechado, com uma laje pesada por cima e mergulhado na escuridão absoluta, quando ouvi uma voz muito respeitosa:

– Com licença.

– Quem é?

– Não precisa se assustar. Depois de morto não nos pode acontecer nada pior, portanto não há motivo para sustos. Sou seu vizinho de tumba.

– Prazer...

– Perdão se o incomodo quando mal começou o seu descanso eterno, mas gostaria de conversar um pouco com o cavalheiro.

– Sem problema. Fique à vontade. Mas... você também está morto?

– Muito morto, meu amigo. Há mais de um século. Morri em 1869.

– Continua falando? É isso que está fazendo? Falando?

– Os hábitos não se perdem facilmente. O senhor não gostaria de sair um pouco? Deve estar escuro aí dentro.

– Sair?

– Todos já foram. É noite. Venha para fora.

– Como?

– É só imaginar que isso é possível.

Fiz o que a voz mandou e imediatamente me vi sentado na beira da minha tumba. A Lua cheia refletia nos mausoléus de mármore do cemitério.

À minha frente, muito formal, um senhor de casaca preta de cetim, calça e cartola também pretas, fartos bigodes e óculos sem aro presos ao nariz olhava-me com interesse, apoiado numa bengala.

— O cavalheiro me parece um pouco desconjuntado — ele disse. — De que morreu?

— Cálculo — eu respondi.

— Nos rins?

— Não. Achei que dava pra atravessar a rua. Calculei mal.

— É muito desagradável morrer sem estar doente. Eu morri de pneumonia, na cama. Não posso me queixar. Na cama somos feitos, na cama nascemos, na cama passamos um terço da vida. É justo morrer na cama.

O leitor, se tiver um pingo de imaginação, pode facilmente visualizar a cena. Eu estava diante de um fantasma muito antigo, numa noite de Lua cheia, no meio de um cemitério. Mas não sentia muito medo.

— Eu sou um fantasma também?

— Sim. O cavalheiro é um fantasma — disse o outro e passou a bengala por dentro do meu corpo, educadamente, para me mostrar que eu não existia.

— Você é o fantasma de quem? Desculpe perguntar.

— Como sou pouco educado... — Ele sorriu. — Ainda não me apresentei. Muito prazer. Chamo-me Brás Cubas.

Estendi a mão. Ele balançou a cabeça.

— Não há o que apertar num fantasma. O senhor precisa se acostumar.

— Seu nome não me é estranho... — tentei lembrar. — Ah, já sei... É aquele, do tempo das capitanias, que fundou a cidade de Santos.

O velho não gostou nem um pouco do que eu disse. Cruzou as mãos atrás das costas e ficou andando de um lado para o outro, resmungando:

— Tenho sempre de responder a isso. Não bastou ter dito tantas vezes em vida, agora também na eternidade. Não, não tenho nada a ver com o Brás Cubas donatário. Sou o outro Brás Cubas, personagem de Machado de Assis. A personagem central do livro *Memórias póstumas de Brás Cubas*!

— Mas espera aí — reclamei —, se você foi personagem de um livro, você não existiu. Se não existiu, como pode ser um fantasma?

A resposta que ele me deu merece um novo capítulo.

A resposta

– Se o cavalheiro andar por este cemitério, poderá ler centenas de nomes escritos nas tumbas. Nomes de pessoas que existiram de verdade, mas das quais o senhor nunca ouviu falar. Concorda?

– Concordo.

– Embora eu não tenha existido, de mim o senhor ouviu falar, não ouviu?

– Certo.

– Se eu sou mais conhecido do que milhões e milhões de anônimos que nascem e morrem todos os dias, tenho tanto direito de virar um fantasma quanto eles, ou até mais.

– Pode até ser – admiti. – Mas o caso é que você não existiu, e o problema continua.

– Ora, meu amigo... é um disparate o senhor cobrar a existência de um fantasma!

Com essa eu me calei.

– Quanto ao meu nome – ele voltou –, se me permite explicar... *o fundador da minha família foi um certo Damião Cubas, tanoeiro de ofício, natural do Rio de Janeiro, que teria morrido na penúria e na obscuridade, se somente exercesse a tanoaria. Mas não; fez-se lavrador, plantou, colheu, até que morreu, deixando grosso cabedal a um filho, o licenciado Luís Cubas.*

– O que é tanoeiro?

– É um homem que conserta tonéis de vinho, barris, vasilhas grandes... cubas. Daí o sobrenome. *Como este apelido de Cubas lhe cheirasse excessivamente à tanoaria, alegava meu pai, bisneto do Damião, que o dito apelido fora dado a um cavalheiro, herói das jornadas da África, em prêmio da façanha que praticou, arrebatando trezentas cubas aos mouros.*

– Certo... mas por que o Brás?

– *Meu pai era homem de imaginação.* Tentou primeiro a falsificação, aderindo à família do famoso capitão-mor Brás Cubas, dando o nome dele a mim, mas a família do capitão-mor, é natural, opôs-se energicamente, até com ameaças legais... Mas era preciso inventar uma ascendência que desse nobreza ao nome, e *foi aí que meu pai imaginou as trezentas cubas mouriscas.*

Um aparte

Você deve ter estranhado, leitor, a mudança de linguagem em certos trechos das falas de Cubas e, para que depois não diga que não procuro facilitar a sua vida, dedico aqui um capítulo inteiro a uma explicação que me foi dada pelo próprio fantasma de Brás Cubas. Disse ele:

– O cavalheiro irá me desculpar, mas, como fui personagem de um livro, minha biografia é a que o escritor escreveu. Não tenho outra. O que sei da minha vida é o que está no livro. Por isso, se me permite, às vezes farei citações diretamente da fonte, porque ninguém melhor que o próprio Machado de Assis para contar como as coisas se passaram.

Portanto, sempre que as letras estiverem em itálico, é porque Brás Cubas falou usando as palavras do livro *Memórias póstumas de Brás Cubas*. (Itálico é esse tipo de letra inclinada, como se tivesse sido atropelada. Quando morri, meu corpo ficou um pouco itálico.)

O velório e a opinião alheia

Diante daquele senhor tão formal, eu me senti na obrigação de também me apresentar e falar um pouco de minha pessoa. Mas não foi preciso. Ele já sabia bastante.

– O cavalheiro chama-se Haroldo, tem 56 anos e é diretor de uma agência de publicidade. Ah, perdão. É preciso conjugar todos os verbos dessa frase no passado.

– Como sabe? – me espantei.

– Estive no seu velório há pouco – explicou. – Naturalmente falaram do senhor. Posso dizer que foi o assunto principal.

– Esteve no meu velório?

– Não perco um. É a única distração por aqui, meu caro. Mas o seu não foi muito animado. Pouca gente. Dezoito pessoas somente.

– Meu acidente foi inesperado. Não deu tempo para avisar os amigos. É véspera de feriado.

Fiquei irritado com o sorriso de ironia de Brás Cubas enquanto eu procurava desculpas para a falta de público no meu enterro.

– O senhor não precisa mastigar muito o seu desespero – ele filosofou. – Console-se com a dor dos outros. Eu, por exemplo, *expirei às duas horas da tarde de uma sexta-feira do mês de agosto de 1869, na minha bela chácara do Catumbi. Tinha uns sessenta e quatro anos, rijos e prósperos, era solteiro, possuía cerca de trezentos contos e fui acompanhado ao cemitério por onze amigos. Onze amigos! Verdade é que não houve cartas nem anúncios. Acresce que chovia.*

– Eu esperava mais gente – confessei. – Mas não importa. Vieram os que gostavam de mim de verdade... O que é? Por que está rindo?

– É duro concluir que os outros não sentem por nós a admiração que nós mesmos sentimos... Eu, de minha parte, gostaria que meu velório estivesse cheio, mesmo que todos lá fossem por formalidade. *Amável Formalidade, tu és, sim, o bordão da vida, o bálsamo dos corações, a medianeira entre os homens, o vínculo da terra e do céu; tu enxugas as lágrimas de um pai no enterro da filha.* E o senhor sabe por que a formalidade nos é tão importante?

– Não exatamente.

– Porque ela nos protege da opinião sincera dos outros, meu amigo. É disso que temos medo. A sinceridade dos outros... *este tribunal anônimo e invisível, em que cada membro acusa e julga.*

Nesse ponto fiquei realmente curioso e não resisti à pergunta:

– Você ouviu os comentários no meu velório... O que falaram de mim?

Brás Cubas era um fantasma extremamente bem-educado. Antes de responder, perguntou se poderia ser sincero. Eu disse que sim. A revelação que ele então me fez não foi fácil de ouvir e prefiro deixá-la para um novo capítulo, que este já está ficando pesado demais.

O que os outros pensavam a meu respeito

Não. Não vou me expor assim a um leitor que nem conheço. Em todo caso, para não deixar o capítulo sem assunto, transcrevo um trecho do que me disse Brás Cubas a respeito das outras pessoas:

– *Na vida, o olhar da opinião, o contraste dos interesses, a luta das cobiças obrigam... a não estender ao mundo as revelações que faz à consciência... e, à força de embaçar os outros, embaça-se um homem a si mesmo... Mas, na morte, que diferença! que desabafo! que liberdade!*

Acho que ele me disse isso como uma espécie de consolo.

Segundas intenções

Já me arrependo de ter começado este novo capítulo. Afinal, devia ter me revelado um pouco no capítulo anterior. Certas informações seriam valiosas, fundamentais para explicar por que Brás Cubas se apresentou a mim e quais eram suas intenções.

Sim. Havia nele uma intenção, um propósito.

Era um projeto que engendrara nos últimos anos de sua vida, mas que não tivera tempo de realizar.

Quando, durante o meu velório, soube qual era a minha profissão, publicitário, sentiu uma emoção bem rara em um defunto: teve esperança.

Esperança de ver seu antigo projeto se tornar realidade. E aí – quem sabe? –, afinal, "descansar em paz", como se diz.

– Enquanto ainda houver um desejo insatisfeito – como ele mesmo afirmou –, a pessoa não morre de vez, fica fantasma, chega até a reencarnar...

Falarei sobre o tal projeto daqui a uns dois capítulos.

É preciso, então, falar de mim.

Sou, fui, diretor de uma agência de propaganda. Publicitário medíocre, admito, mas diretor.

O leitor pode se perguntar como, numa sociedade tão competitiva como a nossa, se chega à diretoria de uma empresa sendo medíocre. É fácil. É só pedir ao seu pai rico que compre a empresa para você.

E o meu pai era rico, pode acreditar.

Comprou uma agência de propaganda pronta, importante, cheia de clientes, com profissionais competentes e criativos. Pôs na presidência minha irmã, que por lá não aparecia nunca, e a mim na diretoria.

Mas meu pai não era louco. Não rasgava dinheiro. O velho confiava no único membro da família que possuía discernimento suficiente para ganhar e preservar dinheiro. Era da família, mas não tinha o nosso sangue: o marido de minha irmã. O Almir.

Almir: o nosso vice-presidente.

Álbum de família

Fui criado no Leblon, na zona Sul do Rio de Janeiro. Apenas eu e minha irmã naquele apartamento enorme, de frente para o mar.

Meu pai era herdeiro de profissão. Herdara duas indústrias e uma fazenda do pai, e apartamentos e ações de um tio solteirão. Mas teve um mérito: não faliu.

Minha mãe, apesar de estar sempre por perto, nunca estava, de verdade, presente. Cuidar dela mesma, do cabelo às unhas do pé, não lhe deixava tempo para mais nada.

Minha irmã, mais velha, levava uma vida distante da minha. Amigas, viagens de fim de semana, temporadas no exterior, namorados. Aos vinte e cinco anos resolveu abraçar os mesmos ideais da mãe: casou com um homem que era capaz de acordar cedo para trabalhar e que só voltava à noite. O Almir.

Tive a infância e juventude de qualquer menino rico: descompromissada, irresponsável, egocêntrica e sem propósito. Aprendi que não é necessário levar nada adiante, que o exibicionismo tem de ser um exercício diário e que quase tudo é permitido no Brasil para quem tem dinheiro.

– Tivemos a mesma formação – cortava-me às vezes Brás Cubas, enquanto conversávamos. – Nascemos na elite. Mostraram-nos a impunidade e nos ensinaram a ter caprichos. Com a agravante, na minha época, de ainda termos escravos.

– É mesmo – lembrei. – Escravos...

– *Prudêncio, um moleque de casa, era o meu cavalo de todos os dias; punha as mãos no chão, recebia um cordel nos queixos, à guisa de freio, eu trepava-lhe ao dorso, com uma varinha na mão, fustigava-o, dava mil voltas a um e outro lado, e ele obedecia, algumas vezes gemendo – mas obedecia sem dizer palavra, ou, quando muito, um – "ai, nho-nhô!" – ao que eu retorquia: – "Cala a boca, besta!".*

– Eu fazia isso com o filho do motorista.

– E os estudos? Chegou a se formar?

– Estudei em colégios muito caros. Acho que me passavam de ano só para não contrariar o meu pai. Fui surfista. Lutei jiu-jítsu. Larguei duas faculdades. Comecei a aprontar demais. Nem pensava em procurar emprego. Tive mulheres malucas e amigos barra-pesada. Dessa maneira, consegui estender minha juventude até os quarenta e cinco anos, quando então meu pai comprou a tal agência de propaganda e me cortou a mesada.

– Isso me lembra por que estou aqui, incomodando seu descanso eterno, meu caro. Quero lhe contar sobre um projeto e fazer uma proposta.

O projeto

Conforme prometi dois capítulos atrás, vou dizer qual o projeto de Brás Cubas. Melhor, vou deixá-lo falar:

– Mais adiante, se o senhor tiver paciência de me ouvir, ficará sabendo mais a respeito de minha medíocre existência. Por ora, em resumo, basta que lhe confesse que não realizei nada na vida. Não fui famoso, não casei, não constituí família, não fiz nada pelo próximo... enfim, fui um homem do meu tempo, um fruto da sociedade, se é que me entende...

Nesse ponto senti como se ele falasse de mim. Cubas leu meu pensamento:

– Conversar é como limpar um espelho. Faz a pessoa se ver melhor. Bem, levei a vida assim, *cheia de satisfações, mas vazia de sentido, até que, um dia de manhã, estando a passear na chácara, pendurou-se-me uma ideia no trapézio que eu tinha no cérebro. Essa ideia era nada menos que a invenção de um medicamento sublime, um emplastro anti-hipocondríaco, destinado a aliviar a nossa melancólica humanidade.*

– Um emplastro?

– Sim. Eu sei que essa forma de aplicar o remédio não se usa mais, porém, no meu tempo, utilizava-se emplastro para tudo.

– Hoje, que eu saiba, é só para dor nas costas. Mesmo assim, depois dos aerossóis...

– Não importa. O fundamental é o princípio da coisa, compreende? Um remédio que nos curasse da melancolia.

Nesse ponto eu tive de sorrir. Um sorriso de superioridade tecnológica:

– Desculpe, Brás, mas isso já existe. Chama-se antidepressivo. Todo mundo toma.

Ele ficou alisando o bigode com os dedos e perguntou:

– "Toma" como?

– Em pílulas. Em gotas. Em injeção. Em pó. Acho que até por supositório.

Foi a vez de Brás Cubas sorrir:

– Existe emplastro antidepressivo?

– Que eu saiba, não.

– Aí está!

Causa mortis

Confesso que fiquei surpreso. Eu não era de ter ideias brilhantes, mas sabia reconhecer uma quando encontrava.

– Um remédio anti-hipocondria e antidepressivo! E em novo formato! Em emplastro! Por que não pensei nisso antes?! – E tentei bater a mão na testa, mas só encontrei o vazio.

– Pois eu pensei! E ainda estava vivo quando isso aconteceu... – disse Cubas, olhando para as estrelas. – E, juro ao senhor, talvez tivesse sido o único projeto que teria levado a cabo em toda a minha vida. Mas morri antes.

– A pneumonia, não foi? Que azar!

– Não, a pneumonia foi uma consequência. O que me matou de fato foi o cavalinho de pau. A filosofia do nariz! A ideia fixa!

Não entendi nada. Achei que Cubas delirava e tive medo. Sempre tive medo da loucura. Acho que é contagiosa. Mas ele em seguida me explicou o que o cavalinho de pau, a filosofia do nariz e a ideia fixa significavam e o que tinham em comum. Mas esse é um assunto que merece um capítulo separado: neste ainda falta revelar a proposta que Cubas tinha a me fazer.

– O fato é que morri. Digamos que a pneumonia me matou, por isso não cheguei a criar o meu emplastro! *Estando eu ocupado a preparar e apurar a minha invenção, recebi em cheio um golpe de ar; adoeci logo, e não me tratei. Tinha o emplastro no cérebro; trazia comigo a ideia fixa dos doidos e dos fortes. No outro dia estava pior; tratei-me enfim, mas incompletamente, sem método, nem cuidado, nem persistência, tal foi a origem do mal que me trouxe à eternidade. Creio haver provado que foi a minha invenção que me matou.*

– Você adoeceu tentando inventar a cura para a hipocondria.

– Ironia fatal.

A proposta

Não sou escritor. Absolutamente. Não sou nada. Mas as últimas frases do capítulo anterior me pareceram casar tão bem que resolvi encerrá-lo ali mesmo. Ficou faltando a proposta de Cubas, que vou revelar logo no começo deste, para não correr o risco de afugentar o leitor com promessas não cumpridas.

– Durante o seu velório, senhor Haroldo, ao saber que o senhor havia sido diretor de uma agência de propaganda, tive a ideia de convencê-lo a levar adiante a minha invenção, o emplastro.

Espantei-me:

– Mas, Cubas, há dois problemas aí: primeiro, eu não sou cientista nem farmacêutico; segundo, o que me parece ainda mais complicado, nós estamos mortos.

– Quanto à primeira questão, meu caro amigo, compreendo a sua preocupação, mas não foi à toa que preferi tratar desse assunto com um fantasma publicitário, em vez de um fantasma cientista.

– Não entendo.

– Já nos meus tempos de vivo eu convencia os amigos dos benefícios que meu emplastro traria à humanidade, como ele aliviaria as dores do mundo, como afastaria para sempre a melancolia... *Agora, porém, que estou cá do outro lado da vida, posso confessar tudo: o que me influiu principalmente foi o gosto de ver impressas, nos jornais, mostradores, folhetos, esquinas e enfim nas caixinhas de remédios, estas três palavras: EMPLASTRO BRÁS CUBAS.*

– Mas seria preciso criar o produto antes.

– Tarefa que eu deixaria para os tais cientistas, naturalmente. Hoje em dia ficou muito mais fácil. Como o senhor mesmo afirmou, os antidepressivos já não foram inventados? Entende por que o procurei? *A paixão do ruído, do cartaz. A minha ideia trazia duas faces, como as medalhas, uma virada para o público, outra para mim. De um lado a filantropia e o lucro; de outro lado sede de nomeada. Digamos – amor da glória.*

– Compreendo. Você não imagina como o seu comportamento é moderno, Cubas.

– Vamos nos concentrar na propaganda! Muita publicidade! E uma exigência: quero que o emplastro tenha o meu nome.

– Tudo bem. Mas há ainda aquele pequeno detalhe. Estamos mortos. Minha agência só funciona no mundo dos vivos.

– Tenho meus truques. Sou um velho fantasma. Confia em mim? Quer ser meu sócio?

Eu estava mesmo à toa, com toda a eternidade pela frente. Concordei. Um capricho. Mais um.

Ele ficou muito satisfeito, chegou a girar a bengala entre os dedos:

– O caixão foi meu berço! Nem uma tumba é capaz de conter um Cubas!

Fiquei pensando: ele tinha orgulho de um sobrenome falso, de uma genealogia que o pai se encarregara de criar, de uma vida inventada. Queria aparecer na mídia. Era mesmo um homem moderno. Impressionante.

Genealogia circular

Por falar nisso, antes que eu me esqueça: meu nome completo é Haroldo Paiva.

Meu pai se chamava Haroldo Paiva Neto. Meu avô era Haroldo Paiva Filho. Meu bisavô era Haroldo Paiva, só. Como eu.

Meu filho seria Haroldo Paiva Filho, e assim por diante. Que eu saiba, a coisa vinha vindo desse jeito, circular, havia muitas gerações. Mas eu fiz a roda parar. Como Brás Cubas, *não tive filhos, não transmiti a nenhuma criatura o legado da nossa miséria.*

Ao trabalho

Voltando à proposta: tal era a ansiedade de Cubas que resolveu começar o trabalho de criação e divulgação de seu emplastro na mesma noite do meu velório, quando eu ainda nem tinha esquentado o caixão. Esquentado, claro, é força de expressão.

– Morrer é parecido com sonhar – ele explicou. – Só que não se acorda. Podemos agir, porém. É como um sonho controlado. O cavalheiro gostaria de flutuar pela cidade, por exemplo?

– Não seria mau.

– Então vamos até a sua agência de propaganda. Onde fica?

– No centro da cidade. No largo da Carioca. Mas está fechada a esta hora. Não há ninguém.

– Quero chegar lá antes do expediente de amanhã, para preparar as coisas.

– Preparar?

– O senhor verá. Vamos.

– Como? Eu não sei voar.

– Sonhe.

Pássaros noturnos

Descobri que ser fantasma é uma mistura de sonho com filme. Eu tinha todas as sensações visuais e sonoras, mas não havia as passagens de tempo entre um fato interessante e outro. Estava no cemitério, no bairro de Botafogo, sentado em minha tumba. Corta. Sobrevoando a cidade do Rio de Janeiro, junto às praias, em direção ao centro da cidade.

– Eu vivi nesta cidade em meados do século XIX. – Ia apontando Cubas. – Eu e meu autor, Machado de Assis, assistimos a seu desenvolvimento depois da proclamação da Independência. Todos estes bairros aqui embaixo, Botafogo, Catete, Glória... que antes eram matagais, com alguns poucos sítios isolados, começaram a crescer, a se movimentar.

Abri os braços, bem esticados, brincando de Super-Homem, enquanto ele recordava:

– Por todo o litoral havia negros escravos conduzindo carros de boi, seges e tílburis, levando e trazendo os proprietários que construíam suas chácaras. Ali à direita, então, na Baía de Guanabara, o trânsito de navios aumentou muito. Chegavam naus de todos os cantos... francesas, portuguesas, inglesas, alemãs, italianas... Cargas embarcando e desembarcando. Comparando com os tempos de colônia, nosso comércio triplicou... E, com as mercadorias, chegaram ideias novas... o positivismo, o socialismo, as teorias da evolução, as invenções farmacêuticas, o liberalismo econômico, a imprensa política... Bons tempos.

Achei natural aquele saudosismo num fantasma e cheguei a fazer algumas perguntas para estimulá-lo.

– Sim, meu caro Haroldo... é verdade. A cidade foi quase toda aterrada, haja vista que antes se podia ir remando até o bairro de São Cristóvão. Era o tempo dos barcos a vapor... Lembro da Companhia Brasileira de Paquetes, com escritório no centro, à rua Direita, com ótimos navios para todo o litoral brasileiro. Não havia estradas como hoje. E os trens estavam começando a chegar, trazidos pelos ingleses...

Centro da cidade. Voando em círculos, como moscas sobre uma banana podre. Os becos sombrios e o altos edifícios escuros e sem vida davam ao lugar um ar sinistro do qual eu, como fantasma, começava a gostar.

– Eis o coração do Rio de Janeiro. – Havia emoção no que ele dizia. – Aqui passei meus dias de personagem. Uma massa de casas baixas e sobrados. Um mar de telhados espremidos entre o morro de São Bento, aquele ali... e o monte Castelo, que não existe mais. Desmontado para servir de aterro.

Corta. Sentados na amurada da cobertura do edifício Avenida Central, balançando as pernas no alto do trigésimo andar, de frente para o largo da Carioca.

Camelôs e mendigos dormiam pelos cantos. Ratos corriam entre os bueiros. A Lua cheia prateava a sujeira e a miséria. Brás Cubas só via o passado.

– Havia a casa de meus pais, em Botafogo; a chácara onde me refugiava do mundo, na Tijuca; e os morros do Livramento e da Conceição, onde brincava com os amigos, caçando lagartixas. No entanto, na verdade, foi este, o centro da cidade, o palco principal da minha vida.

Uma sirene cortou o silêncio da noite. Um avião cruzou o céu. Cubas continuava desfilando suas recordações, enquanto eu tentava imaginar o Rio de Janeiro do tempo do Império. Tomando cuidado para não imaginar demais e ir parar lá.

Quando ele afinal se calou e o silêncio se tornou fantasmagórico, apontei para o prédio da direita, do outro lado da praça:

– A minha agência de propaganda fica ali. Ocupamos aquele andar inteiro. O vigésimo sétimo.

Ele deu um salto e pôs-se de pé na beira do edifício:

– Avante! Vamos trabalhar! Ao emplastro Brás Cubas! – E saiu voando, com a bengala estendida para a frente.

Sua cartola nunca caía.

Breve explicação

Antes de entrar na minha agência de propaganda, preciso dedicar um capítulo – este – a esclarecer um ponto. E pagar uma dívida com você, leitor, que chegou até aqui e mantém a boa vontade.

Será um esclarecimento fundamental para que você avalie o grau de obstinação de Brás Cubas em relação ao seu emplastro. E, quem sabe?, talvez explique a você, leitor, suas próprias maluquices e a de seus parentes e amigos. Estou falando do cavalinho-de-pau. Da filosofia do nariz. Enfim, da ideia fixa.

– A teoria do cavalinho de pau – Cubas esclareceu – está num livro no qual Machado de Assis se inspirou para escrever o meu. O livro chama-se *A vida e as opiniões do cavalheiro Tristam Shandy,* de um inglês chamado Laurence Sterne, que morreu em 1768. Machado de Assis se espelhou em muitos clássicos para escrever a minha biografia, o que muito me honra... Pascal, Schopenhauer, Montaigne e, principalmente, os humoristas ingleses do século dezoito, como o tal Sterne. Foi ele quem comparou a sensação de um menino quando cavalga seu cavalinho de pau com a do homem feito que encontra uma ideia fixa a que se apegar.

– Como assim?

– Ambos se sentem felizes, porque inventaram um meio de fugir aos cuidados e preocupações da vida. Qualquer cabo de vassoura, assim como qualquer ideia maluca, serve para fazer um homem cavalgar pela vida sentindo-se feliz.

– Certo, mas o que é que o nariz tem a ver com isso?

– *Veio um dia em que, estando a ruminar esse e outros pontos obscuros de filosofia, atinei com a única, verdadeira e definitiva explicação. Com efeito, bastou-me atentar no costume do faquir. O faquir gasta longas horas a olhar para a ponta do nariz, com o fim único de ver a luz celeste. Quando ele finca os olhos na ponta do nariz, perde o sentimento das coisas externas, embeleza-se no invisível, apreende o impalpável, desvincula-se da terra, dissolve-se.*

Lembro-me de que àquela altura levei a mão ao nariz. Mas não havia nariz. Nem mão.

– *Cada homem tem necessidade e poder de contemplar o seu próprio nariz, e tal contemplação, cujo efeito é a subordinação do universo a um nariz somente, constitui o equilíbrio das sociedades. A conclusão, portanto, é que há duas forças capitais: o amor, que multiplica a espécie, e o nariz, que a subordina ao indivíduo.*

– Entendi. Cada um com seu cavalinho de pau, olhando para a ponta do próprio nariz.

– Ou, se o senhor quiser dar o nome mais comum a tudo isso, chame de ideia fixa. Eu tive a minha no fim da vida. O emplastro. E vou dizer uma coisa, cavalheiro: o homem é como a vela, é aceso por cima. Quando uma ideia se nos fixa no cérebro, ela nos consome até o fim. Torna-se a nossa única paixão.

– É verdade.

– E o nosso cavalinho de pau fica teimoso como uma mula.

A agência de propaganda

Creio já haver pago todas as minhas dívidas com o leitor. Vamos então ao trabalho.

Voamos do alto do edifício Avenida Central, por cima do largo da Carioca. Podíamos fazer um corte e aparecer onde nossa imaginação quisesse, mas às vezes voar era mais interessante. Penetramos na minha agência de propaganda através da janela do vigésimo sétimo andar, janela da qual, confesso, pensei algumas vezes em pular. Não por desespero, mas por puro tédio.

Sobre o tédio em que vive a classe alta no Brasil, Brás Cubas tinha uma teoria especial, mas, como esse é um assunto abstrato e me desviaria da história que estou tentando contar, vou reservar um capítulo só para ele mais adiante. (Volto a fazer promessas, mas o leitor já sabe que sou bom pagador.)

Entramos pela sala do vice-presidente da agência, a maior de todas, com o carpete cinza, as poltronas de couro verde-musgo, as paredes de mogno, a enorme escrivaninha de madeira maciça. A sala do meu cunhado. O Almir.

Essa decoração, com móveis antigos e muita madeira maciça, foi pensada para dar um ar de respeitabilidade e tradição. As campanhas, os anúncios podiam ser modernos, mas geralmente as contas eram pagas por milionários acima dos sessenta anos, que não vinham ali para brincadeiras.

Em cima da mesa ficava o retrato da minha irmã e seus dois filhos. Os três sorriam.

Tentei agarrar os puxadores das gavetas, mas eles passavam entre os meus dedos.

– O que o senhor está tentando fazer? – perguntou Brás Cubas, sentado numa das poltronas.

– Sempre quis abrir uma dessas gavetas e saber os segredos daquele safado do Almir. Está tudo trancado à chave.

– Fantasmas não podem interagir com a matéria.

– Não? Mas vocês não abrem janelas, arrastam correntes, fazem as portas rangerem?

– Que eu saiba, não. Seria um contrassenso. Se nos fosse possível mexer nas coisas, qual a diferença entre estar vivo e estar morto?

Não quis insistir. Talvez fantasmas de personagens fossem diferentes.

– Se o cavalheiro está tão empenhado em bisbilhotar a vida de seu cunhado, sugiro que entre na gaveta.

– Como assim?

– Pode passar através da matéria, esqueceu? Ou imaginar que está lá dentro. Tanto faz.

– Eu não vou caber...

– Pois enfie só a cabeça, meu caro.

Achei que ele estivesse me gozando. Desisti.

– Essa senhora do retrato é sua irmã? – ele perguntou, apontando com a bengala.

– É. E os meus sobrinhos.

Ele se inclinou para ver de perto.

– Perfeito. O senhor e ela têm o mesmo nariz. Isso servirá para os nossos planos.

– Como assim?

– Vamos precisar influenciar os pensamentos de alguém, aqui dentro desta agência, a respeito do meu emplastro. O emplastro surgirá na cabeça dessa pessoa, e ela pensará que teve a ideia sozinha.

– Podemos fazer isso?

– Sim. Temos o poder de interferir nos pensamentos de uma pessoa viva. No entanto, para isso, os dois precisam ter o mesmo formato de nariz.

– E posso saber por quê?

— Ora, porque isso significa que os dois foram amamentados por seios do mesmo tipo.

— Isso não tem lógica.

— Não, cavalheiro. Nenhuma. Mas funciona na prática, que é o que importa, mesmo no mundo dos fantasmas.

— Mas o que é que o nariz tem a ver com os seios de quem nos amamentou?

— Tudo, meu amigo. Tudo. Passamos um ano ou mais mamando, várias horas por dia, num período em que os nossos ossinhos estão tenros, macios, justamente em formação.

— Sei.

— Seios muito fartos nos amassam o nariz; já se a mãe coloca o nariz do filho entre os seios, o nariz se torna fino e comprido.

— Certo.

— Seios achatados criam um nariz arrebitado pelo esforço de apertá-los contra as costelas da mãe. E assim por diante. Eu, por exemplo, só consigo interferir nos pensamentos de pessoas vivas com um igual a este. — E apontou para o próprio nariz.

Ele tinha o nariz muito comprido e fino, marcado pelos óculos.

— Sua mãe deve ter tido seios fartos — comentei.

— Não sei. A única descrição que dela tenho é a que Machado de Assis me legou: *uma senhora fraca, de pouco cérebro e muito coração, assaz crédula, sinceramente piedosa — caseira, apesar de bonita, e modesta, apesar de abastada; temente às trovoadas e ao marido.* Pode ser que o formato de meu nariz venha de uma outra mulher, alguma negra ama de leite, o que era comum na época.

— Então, pelo que entendi, vamos fazer alguém ter a ideia do emplastro antidepressivo?

— Exatamente. E você ter uma irmã é perfeito para nossos objetivos. Poderá transmitir pensamentos a ela com muita facilidade.

— Claro, por sermos irmãos.

— Não. Por terem mamado nos mesmos seios.

— Ah, é. Mas há um problema. Minha irmã é presidenta desta agência, mas só de fachada. Ela nunca aparece. Quem manda aqui é o marido. O Almir.

— Pois tratemos de encontrar um jeito de trazê-la para cá. Hoje! Ainda pela manhã!

O tédio

É preciso terminar cada capítulo com algum mistério no ar, para que a curiosidade do leitor o faça passar para o seguinte, e assim por diante, até o final do livro.

Deixemos então os dois fantasmas na sala da vice-presidência, traçando os planos para a criação do emplastro antidepressivo Brás Cubas. Enquanto isso, falo um pouco sobre o tédio nas elites brasileiras, conforme prometido no capítulo anterior.

Para não correr o risco de entediar o próprio leitor, abandonando o fio da história para enveredar por outro assunto, quero logo deixar claro que o tédio é, na verdade, o tema central deste livro. O tédio e a tentativa de fazer alguma coisa para espantá-lo: a distração, o capricho. Portanto, leitor, espero que você leia com atenção. E talvez até "vista a carapuça", como diria Brás Cubas.

– Foi depois da morte de minha mãe – ele contou. – Ela morreu de câncer. *O câncer é indiferente às virtudes do sujeito; quando rói, rói; roer é seu ofício.* Fui me refugiar no sítio da Tijuca e lá fiquei algumas semanas, em completa solidão. *Renunciei a tudo; tinha o espírito atônito. Creio que por então é que começou a desabrochar em mim a hipocondria, essa flor amarela, solitária e mórbida, de um cheiro inebriante e sutil. Apertava ao peito a minha dor taciturna, com uma sensação única, uma coisa a que poderia chamar volúpia do aborrecimento.*

– Já tive essa sensação... – admiti. – Um tédio tão grande que dá vontade de fazer qualquer coisa. Quis até me atirar dessa janela.

– *Volúpia do aborrecimento: decora essa expressão. Guarda-a, examina-a. É uma das sensações mais sutis desse mundo e daquele tempo.*

– E dos tempos atuais também. Temos milhões de coisas para fazer hoje em dia, mas vivemos entediados.

– Apesar dos dois séculos de distância entre o mundo em que vivi e o seu – disse Cubas –, não é de espantar que nossos problemas sejam os mesmos. Temos a história do Brasil em comum.

E aí ele me fez lembrar que viemos de um passado escravocrata e explicou o tédio das classes altas a partir daí.

– Veja bem, meu caro, que numa sociedade baseada no trabalho escravo os proprietários vivem no ócio.

– É verdade.

– A ética do trabalho se inverte, compreende? Trabalhar passa a ser uma desonra. Se o indivíduo nasce na elite, como eu e o senhor, é educado para ter caprichos, aprende a tirar vantagem das desigualdades sociais e recebe aplausos ao tornar-se um competente parasita social.

Tive de admitir que meu tédio vinha daquele mesmo ócio que ele descrevia nas elites de seu tempo.

– Veja o meu exemplo – ele afirmou. – O que eu sou? O que Machado de Assis quis mostrar na minha biografia? A vida de um brasileiro rico e despreocupado. Um desocupado sem trabalho fixo, sem profissão, que larga tudo pela metade. Um homem que desfruta de privilégios de classe, que nunca teve ideais, mas sim caprichos. Um irresponsável. Um inconstante. Igualzinho ao senhor, meu caro Haroldo Paiva.

Quis me erguer, mas o peso de suas verdades me achatou.

– O senhor foi o que eu fui, cavalheiro – ele continuou. – A rápida biografia que seus amigos traçaram durante seu velório me fez ver que tínhamos, o senhor e eu, muitos pontos em comum. Por isso *a franqueza com que lhe exponho e realço a minha mediocridade... a nossa. Advirta que a franqueza é a primeira virtude de um defunto.*

Pausa para descansar

Depois de Cubas ter me jogado na cara quem eu era e a razão do meu tédio, eu precisava descansar um pouco. Ainda mais que no próximo capítulo teremos ação.

Para o caso de o leitor querer relaxar também, deixarei algumas reticências soltas. Reticências são espaços que o escritor cria para o leitor divagar sem compromisso.

... ...

Fazendo a cabeça da irmã

Depois de Cubas ter-me arrasado com sua sinceridade, fiquei com medo do tédio. Ainda mais agora que teria toda a eternidade pela frente. Precisava me apegar a alguma coisa, nem que fosse ao capricho de uma outra pessoa.

Grudei em Cubas como um verdadeiro emplastro.

•

Voltemos ao escritório do meu cunhado Almir, onde havíamos ficado imaginando um jeito de trazer minha irmã até a agência – e parece que dois capítulos não foram tempo suficiente para isso.

– Ela não vem. De maneira nenhuma – desanimei. – Detesta o centro da cidade. Odeia esta agência. Tem raiva de tudo o que lembra trabalho.

Só então Cubas disse, como se estivesse esperando você chegar, leitor:

– Então vamos pegá-la em casa.

– É longe. Na Barra da Tijuca.

– Pois é só o senhor imaginar. Vamos lá. Eu o sigo.

Corta.

Quarto de minha irmã, em sua mansão de três andares. Ela se chama Roberta.

Está dormindo. O dia vai clareando lentamente. O sol ainda não nasceu. Os passarinhos cantam no jardim, em volta da piscina. Meu cunhado já levantou. Está no banheiro, fazendo a barba. Ele acorda cedo. Tem insônia. Vive para o trabalho. A Barra da Tijuca é longe do centro da cidade, e o trânsito está sempre congestionado. Para chegar à agência às sete, precisa acordar às cinco. E ele gosta de ler dois jornais: um no café da manhã; outro no carro, enquanto o motorista dirige.

Minha irmã dorme tarde. Fica vendo filmes na tevê ou programas que mostram festas da alta sociedade. Depois toma um remédio para dormir – e dorme. O difícil é acordar. E manter-se viva. Precisa de pílulas para isso também. O tédio pode matar.

– Pílulas nunca mais! – disse Cubas, como se já estivesse fazendo a campanha publicitária. – Sua irmã usará um emplastro Brás Cubas e acordará sempre contente.

Sentamos na beira da cama de Roberta.

– A minha chamava-se Sabina – recordou Cubas, emocionado. – *Era minha irmã. Meu sangue, um pedaço de minha mãe. Éramos tão amigos! Jogos pueris, fúrias de crianças, risos e tristezas da idade adulta, dividimos muitas vezes esse pão da alegria e da miséria, irmamente, como bons irmãos que éramos.* Mas, naturalmente, quando meu pai afinal morreu, brigamos pela herança e ficamos muitos e muitos anos sem nos falar.

– No nosso caso nem esperamos a morte dos velhos. Para manter nosso padrão de vida, começamos a brigar cedo pela grana. Minha convivência com o Almir, na agência, era um suplício, um constrangimento.

– Um tio meu tentou nos reconciliar. Ele disse: "*Meu irmão deixou um pão bem grande para ser repartido por todos". Ao que meu cunhado respondeu: "Creio, creio. A questão, porém, não é de pão, é de manteiga. Pão seco é que eu não engulo".*

– Você também teve um cunhado...

– Chamava-se Cotrim.

Se me permitem antecipar-me, o que já vai virando rotina, o cunhado de Brás Cubas era um tipo tão representativo do homem brasileiro e tão parecido com o meu próprio cunhado, o Almir, que os dois merecem um capítulo à parte, só para eles.

– Vamos ao trabalho – disse Cubas. – Entre na cabeça de sua irmã.

– E como é que eu faço isso?

– Quando a pessoa está acordada, é preciso colocar a mão direita em seu ombro esquerdo e encostar a boca em seu ouvido.

– Qual ouvido?

– Qualquer um dos dois. Mas o esquerdo é mais cômodo.

– É.

– Quando a pessoa está dormindo, porém, como é o caso, o fantasma tem de enfiar a cabeça dentro da cabeça dela.

– Literalmente?

– Isso. Juntar as duas cabeças. Então o senhor entrará nos sonhos de sua irmã e ali depositará a ideia do emplastro. Quando ela acordar, achará que sonhou com uma ideia maravilhosa. Portanto, quando estiver dentro da cabeça dela, trate de pensar em todas as vantagens do meu emplastro. Inclusive na fortuna que ela vai ganhar com ele. Ah, e o mais importante: não se esqueça de deixar o nome bem claro: emplastro Brás Cubas!

– Certo.

Inclinei o corpo, enfiei a cabeça dentro da cabeça de Roberta e pensei com toda a energia no emplastro. Deu certo. Ela chegou a sorrir quando imaginei os lucros, a porcentagem que a indústria farmacêutica lhe daria por cada cartela vendida no mundo inteiro.

Mas, quando retirei a cabeça de dentro da dela, eu estava abalado.

Cubas foi discreto. Não fez comentários.

O fato é que, quando entrei em sua cabeça, Roberta estava tendo um sonho de amor, romance, paixão, sexo... com detalhes muito realistas.

E o homem do sonho não era o meu cunhado. O Almir.

A grande ideia

E foi ele mesmo, o Almir, quem tomou um grande susto aquela manhã: quando saiu do banheiro, encontrou a esposa acordada.

– O que foi, Betinha? Tá se sentindo mal? – ele perguntou, enquanto ajeitava a gravata.

– Amor... você não vai acreditar! Tive uma ideia! Sonhei com uma coisa incrível! Vamos ficar ricos!

– Já somos ricos, meu bem. Dorme de novo. É muito cedo.

– Quero ficar mais rica! Li no horóscopo ontem! Esta semana ia acontecer uma surpresa que modificaria a minha vida. Vou com você pro trabalho!

– Tá maluca?

– Vamos lançar um produto novo no mercado! Sonhei com tudo! Nos mínimos detalhes! É um novo antidepressivo!

– Do que é que você tá falando, Beta? Pirou?

– Um antidepressivo de ação lenta que...

– Meu Deus! Você já está até sonhando com comprimidos!

– Presta atenção!

– Olha, eu tenho de trabalhar! As pessoas trabalham, sabia? Você acha que o mercado aguenta mais um remédio contra depressão? Já existem milhares. Imagina, mais uma pílula...

– Não é uma pílula! – ela gritou, triunfante.

– Não?

– É um emplastro!

– Aquelas coisas que grudam na pele da gente? Você ficou maluca de vez! Imagine... Aquelas porcarias que arrancam os cabelos... você acha que... Bom, por outro lado, pode ser uma boa ideia. Espere! É incrível! Um antidepressivo diferente! É! Vai funcionar, Beta! Podemos fazer uma campanha publicitária agressiva... de mudanças de hábito... Claro! É uma ideia genial! Vista-se, querida! Vamos para a agência! No caminho você me conta o resto do sonho.

Razão da mudança

Leitor, você pode estar torcendo o nariz para essa última cena, achando, com razão, que Almir mudou de opinião sobre o emplastro rápido demais, mas devo esclarecer que, enquanto meu cunhado falava, Brás Cubas colocou a mão direita em seu ombro esquerdo e lhe soprou no ouvido ideias a favor de seu emplastro.

E a coisa fez efeito porque, por pura sorte, os dois têm o mesmo tipo de nariz.

Carona

Almir e minha irmã tomaram café da manhã às pressas e partiram para o centro da cidade. Os dois falavam sem parar no emplastro e foram tendo ideias para o projeto durante todo o trajeto.

O carro deles era uma caminhonete imensa, com três fileiras de bancos. Eu e Cubas fomos no último, atrás do casal.

No engarrafamento da lagoa Rodrigo de Freitas, quando todos os carros se espremiam para entrar no túnel Rebouças, Roberta colocou a cabeça no ombro do marido, deu-lhe uns beijinhos carinhosos no pescoço e cochilou.

Não pude deixar de pensar no homem que havia visto no sonho dela. Pensei alto demais. Cubas sorriu e disse:

– O cavalheiro está se perguntando como ela pode mostrar tanto amor pelo marido e ao mesmo tempo o trair.

– Ei! Cuidado! Ele pode ouvir.

– Não pode, não. Só se eu pousasse a mão no ombro dele. Escute, meu caro Haroldo, não leve essas coisas tão a sério.

– Mas é minha irmã...

– Pois a maior parte de minhas memórias trata da relação amorosa mais importante que tive. – Cubas começou a recordar, olhando através da janela do carro os reflexos do sol na lagoa.

– Metade do livro é sobre ela... Virgília. E Virgília, a mulher da minha vida, era casada com outro.

Minha irmã, quem poderia imaginar... Eu estava chocado com a descoberta. Cubas foi contando sua história com aquela voz pausada de fantasma antigo, e, apesar de ela ser um exemplo de cinismo, dissimulação e hipocrisia, naquele momento foi reconfortante como uma canção de ninar:

– Aconteceu depois da morte de minha mãe. Eu estava refugiado, longe da humanidade, lá na chácara da Tijuca. Meu pai apareceu. Almoçamos juntos. Ele estava eufórico. Recebera carta de pêsames de um dos regentes.

– Regentes?

– Dom Pedro II era menor de idade. Três regentes tomaram o lugar do imperador.

– Tá. Lembrei.

– Então meu pai disse: *"Trago comigo uma ideia, um projeto, ou... sim, digo-te tudo; trago dois projetos, um lugar de deputado e um casamento"*. Eu nunca havia pensado em nenhuma das duas possibilidades e minha reação foi rir. Mas ele falava sério. Já estava tudo arranjado. *Era-me necessária a carreira política. Quanto à noiva, bastava que eu a visse, iria logo pedi-la ao pai, logo, sem demora.*

– Você não conhecia a moça?

– Não fazia a mínima ideia de quem fosse. Ele explicou. Era filha do Conselheiro Dutra, uma grande influência política da época, *"um patriota, um pouco irritado com os males públicos, mas não desesperando de os curar depressa. Se casares com ela, mais depressa serias deputado"*. Eu argumentei que podia pensar numa coisa, ou noutra, mas nas duas... porém ele foi taxativo: *"Todo homem público deve ser casado"*.

– É verdade.

– Uma daquelas verdades absurdas que ninguém contesta. *"Noiva e parlamento são a mesma coisa"*, ele disse. Eu concordei em ver a menina. Virgília. *Naquele tempo contava apenas uns quinze ou dezesseis anos. Atrevida, voluntariosa, bonita, fresca, saía das mãos da natureza, cheia daquele feitiço, precário e eterno, que o indivíduo passa a outro indivíduo, para os fins secretos da criação. Era clara, muito clara, faceira, ignorante, pueril, cheia de ímpetos misteriosos; muita preguiça e alguma devoção.*

Ouvindo Cubas falar, emocionado ainda depois de tantos anos, tive uma certeza: o amor sobrevive à própria morte. Ou, para ser menos romântico: enquanto há memória, a gente lembra com saudade daqueles de quem gostou.

– Bem... *dispus-me a aceitar o diploma e o casamento. Virgília e a câmara dos deputados.*

– E, afinal, casou? O que aconteceu?

– *Então apareceu o Lobo Neves, um homem que não era mais esbelto que eu, nem mais elegante, nem mais rico, nem mais simpático, e todavia foi quem me arrebatou Virgília e a candidatura.*

– Mas ela trocou você assim, sem mais...?

– *Virgília comparou a águia e o pavão, e elegeu a águia, deixando o pavão com o seu espanto, o seu despeito e três ou quatro beijos que lhe dera. Talvez cinco beijos; mas dez que fossem não queria dizer coisa alguma.*

– Você deve ter ficado mal. Eu sei o que é isso. Também já fui dispensado assim.

– *Mas eu era moço, tinha o remédio em mim mesmo. Meu pai é que não pôde suportar facilmente a pancada. Morreu daí a quatro meses. Morreu sem lhe poder valer a ciência dos médicos... tinha de morrer, morreu.*

– É uma história com final bem triste – comentei.

– Mas ela não termina aí – ele sorriu, olhando para mim. – Ao contrário. É aí que ela começa. Tempos depois encontrei Virgília na rua do Ouvidor. *Uma mulher esplêndida. Cortejamo-nos; ela seguiu; entrou com o marido na carruagem, que os esperava um pouco acima; fiquei atônito. Oito dias depois, encontrei-a num baile. Valsamos uma vez e mais outra vez. Foi a valsa que nos perdeu.*

– Tiveram um caso!

– *Sim, senhor, amávamos. Agora, que todas as leis sociais no-lo impediam, agora é que nos amávamos deveras.*

– Mas não era perigoso?

– Muito... *problema que me assustou durante algumas semanas, mas cuja solução entreguei ao destino. Pobre Destino!*

– E ela?

– *Rezava todas as noites, com fervor, ou, pelo menos, com sono.*

– E o marido?

– *Achava que Virgília era a perfeição mesma, um conjunto de qualidades sólidas e finas, amorável, elegante, austera, um modelo. E a confiança não parava aí. De fresta que era, chegou a porta escancarada.*

– E a coisa deu certo?

– *Virgília era o travesseiro do meu espírito. Era ali que ele costumava repousar de todas as sensações más.*

– Mas ela não se sentia culpada?

– Um pouco de remorso, talvez, que ela sacudia, com um *repelão na consciência, e dizia que não era culpa dela se o marido a amava.*

– Mas como acabou tudo isso? Alguma tragédia, na certa...

– Nenhuma. Durou quase toda a minha vida adulta. No começo ainda propus que fugíssemos. Ela se recusou. Não podia *separar duas coisas que no espírito dela estavam inteiramente ligadas: o nosso amor e a consideração pública. Ela fazia um grande esforço para manter o amor e a condição de esposa de um deputado. Se fugisse comigo, ficaria só com o amor.*

– Mas você gostava dela, Cubas. Como podia dividi-la com outro homem? Que atitude tomou?

– A mais sensata. Acomodei-me. Arranjei uma casinha *em um recanto da Gamboa.* Um brinco! *Nova, caiada de fresco, com quatro janelas na frente e duas de lado... Um desvão de telhado é o infinito para as andorinhas... E tudo ficou sob a guarda de dona Plácida, uma velha. Doía-lhe o ofício. Chorava, a princípio: tinha nojo de si mesma. Fiz-lhe então um pecúlio de cinco contos. Foi assim que lhe acabou o nojo. Ao cabo de seis meses quem nos visse a todos os três juntos diria que dona Plácida era minha sogra.*

– Mas como acabou essa história?

– Simples. *Lobo Neves foi nomeado presidente de província.* O casal mudou-se para o Nordeste.

– E você?

– *A partida de Virgília deu-me uma amostra da viuvez.*

– E isso foi o fim?

– Foi. Anos depois eles voltaram ao Rio, mas já não havia como reatar. Lobo Neves acabou morrendo antes de chegar a ministro. *Fui ao enterro. Na sala mortuária achei Virgília. Quando levantou a cabeça, vi que chorava. As lágrimas eram verdadeiras.*

– Estava arrependida.

– Não. *Virgília traíra o marido, com sinceridade, e agora chorava-o com sinceridade.* Só isso.

Eu me sentia estranho. Nunca havia sido um exemplo de conduta, ao contrário, mas saber que minha irmã traía o Almir... E ainda ouvir a história de Cubas...

– Como podem... as pessoas... – resmunguei. – Será que não se sentem culpadas? Não têm consciência?

Brás Cubas olhou para mim com certo espanto e perguntou:

– Consciência? Ora, o senhor nunca ouviu falar da *lei da equivalência das janelas?*

A equivalência das janelas

Não. Nunca tinha ouvido falar. E o assunto merece todo um capítulo. O próprio Cubas pode explicar:

– Pois foi quando nos envolvemos, eu e Virgília, no mesmo dia em que valsamos... Eu ia para casa, remoendo a culpa. Ela era uma mulher casada. Eu conhecia o marido. Foi então... *o destino ou o acaso, ou o que quer que fosse...* encontrei no chão uma moeda de ouro.

– E o que isso tem a ver... – Eu estava impaciente.

– A moeda *evidentemente não era minha; era de outro, daquele que perdera, rico ou pobre, e talvez fosse pobre, algum operário que não teria com que dar de comer à mulher e aos filhos. Cumpria restituir a moeda. Enviei uma carta ao chefe de polícia, remetendo-lhe o achado e rogando-lhe que fizesse devolvê-lo às mãos do verdadeiro dono. Essa minha atitude saiu até no jornal.*

– Continuo sem entender aonde você quer chegar. Estávamos falando de culpa...

– Pois então? Não compreende? Eu me sentia terrivelmente culpado por meu caso com Virgília. Minha boa ação, *a restituição da moeda, foi uma janela que se abriu para o outro lado da moral, entrou uma onda de ar puro. Ventilai as consciências! Assim, eu, Brás Cubas, descobri uma lei sublime; a lei da equivalência das janelas, e estabeleci que o modo de compensar uma janela fechada é abrir outra, a fim de que a moral possa arejar continuamente a consciência.*

Tânia

Falar sobre janelas e arejamento nos deu vontade de sair do carro e do congestionamento.

Corta. De volta à agência de propaganda.

É cedo. Só duas faxineiras chegaram. Vejo, com tristeza, que receberam ordens de esvaziar a minha sala. Não perderam tempo. Estão colocando minhas coisas em caixotes.

– Vamos dar uma volta – sugiro a Cubas.

– Algum lugar especial?

– Gostaria de me despedir de uma pessoa.

– Mulher?

– É. Alguém que eu poderia ter amado mais.

– Imagine. E me leve junto.

Corta. Uma sala de aula, dentro de uma faculdade. Os alunos ainda com cara de sono. Aponto a professora. Uma mulher de quarenta anos, bonita, traços marcantes, cabelos pretos e lisos até a cintura. Tem os olhos brilhantes. Gosta do que faz. É professora de literatura numa faculdade de Letras. Chama-se Tânia.

Cubas ri quando tento puxar com as mãos uma carteira.

– Namorada? – ele pergunta, aprovando com a cabeça.

– Foi. Ficamos juntos algum tempo. Chegamos a montar um apartamento. Tive de me afastar dela. Doeu.

– É linda. E forte. Por que a separação?

– Ela tem um defeito terrível. Minha família foi contra. Ameaçaram me deserdar.

– Que defeito?

– Não dá pra ver? É pobre. Vive de salário.

Fiquei ali, calculando quantas decisões erradas eu havia tomado na vida.

– Todos nós, filhos de ricos, temos a nossa Eugênia – filosofou Cubas.

– Eugênia?

– Eu também tive a minha paixão por uma moça pobre. E acho que foi a única paixão verdadeira. Eugênia. A única mulher que meu deu *cócegas de ser pai.*

– Então você sabe do que eu estou falando.

– Eugênia era uma *flor da moita.*

– É uma bela imagem, Cubas. Uma flor surgindo no mato. A beleza que surge na pobreza...

– Pode ser. Porém, no caso... Bem, Eugênia foi gerada no mato mesmo, atrás de uma moita.

– Compreendo.

– Era a filha bastarda de um amigo de meu pai, o doutor Vilaça. Reencontrei a mãe dela por acaso. Era minha vizinha no sítio da Tijuca. Quando me apresentou à filha... *uma mocinha morena, dezesseis anos, ereta, fria... Parecia ainda mais mulher do que era... Quieta, impassível, tinha compostura.* Fiquei encantado. Acho que me apaixonei mesmo.

– Só que ela era pobre...

– Sim, mas o *pior é que era coxa. Uns olhos tão lúcidos, uma boca tão fresca, uma compostura tão senhoril; e coxa!*

– Coxa?

– *Esse contraste faria suspeitar que a natureza é às vezes um imenso escárnio. Por que bonita, se coxa? por que coxa, se bonita?*

– E a sua família também foi contra, Cubas?

– Só não foi contra porque nem soube. Imagina que conheci Eugênia poucos dias antes de tratar meu futuro como deputado e meu casamento com Virgília.

– E você gostava mesmo de Eugênia?

– *Queria-lhe, é verdade. Ao pé dela sentia-me bem, e ela creio que ainda se sentia melhor ao pé de mim. Entregava-me a alma em flor.* Trocamos beijos nos jardins. Nossa despedida foi sofrida. *Foi na varanda, na tarde de uma segunda-feira. "Faz bem em fugir ao ridículo de casar comigo"*, ela me disse. Deixei-a, amargurado. *Vinha dizendo a mim mesmo que era justo obedecer a meu pai, que era conveniente abraçar a carreira política... que a constituição... que minha noiva... que o meu cavalo...*

– Mas como é que a gente pode abrir mão de um amor assim? Me diz, Cubas... você não se arrependeu?

– *No dia seguinte entrou no meu quarto uma borboleta. Pousou-me na testa. Sacudi-a, ela foi pousar na vidraça. Era negra como a noite. Lancei mão de uma toalha, bati-lhe e ela caiu. A infeliz expirou dentro de alguns segundos. Fiquei um pouco aborrecido, incomodado.*

– O que isso tem a ver...?

– Fiquei triste por ter matado a borboleta, porém um pensamento me *consolou do malefício: também, por que diabo não era ela azul?*

Entendi o que ele queria dizer e não gostei nem um pouco. Eu estava diante da mulher que havia amado, diante de um amor desperdiçado, na frente da única mulher que poderia ter me feito feliz de verdade, e aquele fantasma...

– Cínico! – gritei para ele. – Você é um cínico!

Ele se ofendeu:

– *Eu, cínico, alma sensível?... essa injúria merecia ser lavada com sangue, se o sangue lavasse alguma coisa neste mundo. Não, alma sensível, eu não sou cínico, eu fui homem.* Em minha vida não havia *a atmosfera somente da água e do beija-flor; havia também a da lesma e do sapo.*

– Eu me recuso a ver a vida desse modo!

Cubas levantou-se, empunhou a bengala e disse:

– *Limpa os óculos, que isso às vezes é dos óculos.*

E sumiu.

Eu sabia que ele tinha voltado para a agência de propaganda e fui atrás. Olhei para minha amada. Tânia. Mandei-lhe um beijo do além.

1/2

Pelos meus cálculos, leitor, passamos já da metade do livro. Este é um ponto importante. Como diria Brás Cubas... *Começo a arrepender-me deste livro... expedir alguns magros capítulos para esse mundo sempre é tarefa que distrai um pouco da eternidade. Mas o livro é enfadonho, cheira a sepulcro, traz certa contração cadavérica; vício grave, e aliás ínfimo, porque o maior defeito deste livro és tu, leitor. Tu tens pressa de envelhecer, e o livro anda devagar.*

Se já havia ansiedade no leitor do século dezenove, imagine no de hoje em dia. Pedir ao leitor apressado do século vinte e um que tenha paciência é como pedir a um condenado à morte cuidado com as correntes de ar.

Eu contribuí para essa impaciência. Fui publicitário. Meu trabalho foi inventar, para as pessoas, necessidades que elas não tinham antes. E mantê-las insatisfeitas. Impacientes. Hiperativas.

Agora estou aqui... preciso fazer com que você não feche o livro e durma; não pule os capítulos; não fale mal do livro para as outras pessoas. Certo, isso é problema meu.

E sei como resolver. Pode deixar.

Enquanto volto à agência de propaganda, faço uma declaração: num dos capítulos a seguir haverá uma revelação surpreendente.

Uma não! Duas!

Quando souber do que se trata, você, leitor, vai se perguntar: “Por que não pensei nisso antes?”... Mas aí será tarde demais. Terá lido o livro todo.

Aviso importante

Não adianta ir para as páginas finais.

Essas revelações surpreendentes não estarão nos últimos capítulos.

Pequenas condolências

Quando cheguei à agência, já estavam todos lá. E trancados na sala de reuniões. Os executivos da área de finanças, todo o pessoal do departamento de arte e de *marketing*, os contatos e assessores que saíam para cavar espaços na mídia, a presidenta, o vice-presidente... e a nova diretora-geral. Sim, já haviam me substituído.

Ela se chamava Paula e antes dessa promoção era relações públicas. Trinta anos, bonita, esperta. Estava subindo na vida. Rápido demais.

Almir falava, recostado numa grande escrivaninha de carvalho. Minha irmã Roberta, à sua esquerda, de braços cruzados, ar de dona do pedaço. Paula à direita, perfeitamente maquiada, tentando adaptar a postura ao novo cargo.

Ele acabava justamente de anunciar a promoção de Paula, não sem antes se dizer triste com a minha morte tão inesperada. Fez-me elogios. Vi algumas cabeças balançando, alguns rostos franzidos, dois ou três lábios apertados, e foi só. Cubas me consolou:

– *Não havendo nada que perdure, é natural que a memória se esvaeça, porque ela não é uma planta aérea, precisa de chão.*

É isso que somos. Pequenas lembranças prontas para serem apagadas quando surgir a primeira novidade.

E a novidade apareceu em seguida. O emplastro.

– Este é um daqueles momentos que farão a história desta agência – começou Almir. – Tenho aqui a meu lado nossa presidenta em pessoa e quero dizer que a ideia que irei passar a vocês em seguida veio dela. Na verdade, nós dois temos pensado nisso tudo há algum tempo, esperávamos a ideia amadurecer...

E Almir foi preenchendo com mentiras alguns pontos vagos da ideia do emplastro e calçando com meias verdades as bases do negócio.

Por incrível que pareça, o público engoliu.

Roberta só balançava a cabeça e sorria.

Paula nem piscava. A todo momento Almir se referia à grande tarefa que ela tinha pela frente, como coordenadora de uma campanha revolucionária, enfatizando a importância de ela ter sido uma profissional de relações públicas, porque, para a coisa dar certo, seria preciso convencer muita gente, principalmente os donos de certa indústria farmacêutica.

Quando ele indagou se alguém queria fazer perguntas, antes de começar a estabelecer as primeiras estratégias da futura campanha publicitária, mais da metade da plateia levantou o braço.

Almir respondeu a todos, um por um, cada vez mais entusiasmado. Estava elétrico. Convincente. Eufórico. Quase louco, cavalgando seu cavalinho de pau.

Esqueci de dizer que, o tempo todo, Cubas estava a sua esquerda, com a mão em seu ombro.

E então Almir começou a dar ordens:

– Quero uma reunião na minha sala imediatamente... com os diretores de departamento, para uma avaliação completa do novo projeto. O resto de vocês continua tocando seus trabalhos normalmente até definirmos as funções de cada um.

Levantou-se e dirigiu-se a sua sala com Roberta, Paula e os diretores convocados. Eu e Cubas fomos junto.

Eu ia com uma sensação estranha, como se estivesse vivo, trabalhando também. Estranha não pelo fato de estar morto, mas por estar "querendo" trabalhar.

Almir sentou-se em sua grande cadeira de vice-presidente. Ele era baixinho. Um carpinteiro fizera por baixo de sua escrivaninha um estrado que o fazia sempre o mais alto quando todos se sentavam.

Minha irmã e Paula tomaram seus lugares nas poltronas de couro. Restaram pequenas cadeiras giratórias mais ao fundo, logo ocupadas pelos diretores de *marketing*, de arte e de contato externo.

Foi uma reunião agitada e importante, que ficará mais bem acomodada num capítulo exclusivo.

A campanha publicitária

Com Cubas em pé a seu lado, pendurado em seu ombro como um papagaio de pirata, Almir abriu a reunião:

– Já dei uma ideia geral do produto que vamos vender. Agora quero de vocês uma avaliação objetiva, racional.

– Perfeito – concordou Paula. – Não se pode confiar no desejo de sucesso. O entusiasmo engana.

Minha irmã olhou para ela com um certo despeito. Ela não suportava que outras mulheres dissessem coisas inteligentes. Achava uma deslealdade.

– Eu *sonhei* com o emplastro – ela disse, como se aquilo fosse uma prova irrefutável do sucesso do produto.

– Não há dúvida de que é um projeto inovador – cortou Almir.

– Desculpe... – interrompeu o diretor de *marketing* –, mas acho que tenho uma pergunta fundamental. Estamos querendo vender um remédio, não é? Esse é um setor muito complexo. Requer patentes... entrar na máfia das indústrias farmacêuticas...

– Muito bem. É bom começar a reunião com essa questão – elogiou meu cunhado. – Vocês sabem, nós temos como cliente uma grande indústria farmacêutica multinacional. O que vamos fazer é bolar uma campanha para convencer essa indústria, que já conhece nosso trabalho, a comprar a ideia do emplastro, entenderam?

– Pois é... – insistiu o diretor de *marketing*. – Estamos querendo lançar um produto que ainda nem existe. Não é...

– Essa indústria já faz até clonagem. É claro que pode criar um emplastro. Precisamos apenas convencê-los de que é um grande negócio. Toda a parte de tecnologia de fabricação, patente, distribuição, venda, preço de mercado... tudo isso é problema dela. Nós vamos propor a campanha. E um porcentual nos lucros, claro... Um grande porcentual!

– Porcentual nos lucros de vendas no mundo todo – completou minha irmã.

Eu estava emocionado. Nunca a tinha visto trabalhar.

Cubas me fazia sinais para que colocasse a mão direita no ombro esquerdo dela e sussurrasse em seu ouvido, para que ela se tornasse ainda mais entusiasmada pelo emplastro, mas eu sorria e balançava a cabeça. Não, não era preciso. Queria ver minha irmã trabalhar sozinha. Uma espécie de orgulho familiar.

– E eles já têm tradição, credibilidade, experiência, bom nome no mercado – continuou Almir. – Sabem como fazer a coisa funcionar. Vamos apenas implementar um novo produto.

– Quanto à patente...? – Paula insistiu.

– Vocês sabem como é esse negócio de patente no Brasil – Almir sorriu. – Ninguém melhor do que uma multinacional para cuidar desse assunto... Eles têm como comprar o pessoal do Ministério da Saúde. Essa parte vamos deixar com eles. Nosso único compromisso é com a campanha publicitária, e peço total sigilo sobre o que estamos conversando aqui.

Todos concordaram, balançando a cabeça respeitosamente. A concordância em torno de falcatruas sempre unira a empresa.

– Acho que fui claro – voltou Almir. – Temos um produto inovador de um lado e, do outro, uma indústria pronta a executá-lo. Só precisamos convencê-la.

Ele então olhou para Paula, que sorriu, aceitando a missão. Minha irmã lançou um olhar rancoroso para ela. Depois para Almir, que continuava falando, eufórico:

– Agora imaginem. Lançar um produto revolucionário, protegido por patente, quer dizer, sem concorrência... E no mercado mundial. Isso vai exigir um grande investimento em publicidade! Da ordem de uns dez por cento da previsão de faturamento! E a propaganda terá de ser contínua, porque o interesse do consumidor naturalmente se esgota.

– Acho que se trata de criar uma nova consciência no consumidor normal de antidepressivos – completou Paula.

Senti que Roberta queria matar a diretora-geral.

– Esse é outro ponto importante – lembrou o diretor da área de contato externo, um sujeito irrequieto, que arranhava os braços da cadeira e mexia os pés freneticamente. – Qual é o nosso público-alvo?

– Imagino que seja o consumidor de remédios normal... – disse o diretor de *marketing*.

– Não – quase gritou meu cunhado. – Aí é que está! Precisamos convencer esse consumidor que está acostumado com pílulas a passar a usar o emplastro, é claro, mas também podemos criar outros consumidores!

Cubas chegava a sorrir. E mexia a boca, como se Almir estivesse apenas repetindo o que ele incutia em sua cabeça:

– Prestem atenção. É um remédio antimelancolia! Quem é que, no mundo de hoje, não se sente triste? Quem não está estressado? Quem não está cheio da vida que leva? Quem aguenta os congestionamentos, a violência, as filas de supermercados, a tevê, os adolescentes, os políticos, as músicas, os impostos? Estão entendendo? São todos consumidores em potencial de um emplastro antidepressivo!

– Meu marido está certo! Eu sei! Eu sonhei com o próprio Brás Cubas, a personagem de Machado de Assis que inventou o emplastro!

– De fato, a ideia do emplastro veio de Machado de Assis, por isso queremos dar o nome Brás Cubas ao produto – emendou Almir. – Mas tratemos primeiro da estratégia de campanha. Como eu estava dizendo, a ideia é criar consumidores novos. Quem toma remédios para a depressão hoje em dia?

Quem respondeu foi Paula:

– Basicamente pessoas de meia-idade. Dos 35 anos em diante. Das classes A e B.

– Pobre enche a cara no botequim ou vira crente... – comentou o diretor de arte.

– Isso! É exatamente isso! – E Almir apontou para ele. – O povo não toma antidepressivo... mas precisa! Vamos pensar em vender o emplastro também para homens e mulheres do povo!

– Estou entendendo! – disse o diretor de *marketing*. – Hoje em dia emplastro está associado a remédio popular. Só se usa emplastro pra dores musculares. Rico faz massagem, *shiatsu*, acupuntura... pobre taca um emplastro Sabiá e volta pro batente no dia seguinte.

– Isso! Exatamente! – entusiasmou-se Almir. – Vamos popularizar os antidepressivos mudando a forma de administrar o produto. Em vez de pílulas, emplastro.

O diretor de arte empolgou-se:

– Um anúncio grande na traseira dos ônibus. Todos os motoristas vão querer usar emplastro antiestresse. E nos táxis! Vamos anunciar nos programas de rádios populares! Nas tevês aos domingos!

– Em todos os lugares onde o povo passa estresse – lembrou o diretor de *marketing*. – Nos hospitais públicos, nas filas de matrícula para escola, nos trens de subúrbio!

– Claro – tornou o diretor de arte. – E vamos contratar celebridades. Um esportista em má fase; uma dessas apresentadoras de tevê terminando um namoro ou com alguma doença grave. Algum artista de novela que esteja fazendo papel de deprimido. A gente coloca o emplastro Brás Cubas em todos eles! E paga pra que digam que a vida deles ficou muito mais feliz!

– A embalagem tem de ser bem colorida. – O diretor de arte já fazia planos. – Pobre adora coisa colorida! A base pode ser o azul-claro, uma cor que simboliza tranquilidade.

– A embalagem terá de competir com outras na prateleira das farmácias – lembrou o diretor de *marketing*. – Vamos pegar embalagens de antidepressivos que já existem para fazer comparações.

– Mas o emplastro não pode ser colorido – Roberta disse, e todos olharam para ela. – Ninguém vai querer que as outras pessoas saibam que está deprimida.

– Bem pensado – concordou o diretor de *marketing*, puxando o saco. – Muito bem pensado. Teremos de ficar com o tom de pele tradicional dos emplastros.

– Mas ele pode ser colocado em algum lugar do corpo que fique escondido pela roupa – contestou o diretor de arte. – E aí ele pode ser colorido. E podemos investir no formato. Não precisamos ficar naqueles retângulos tradicionais. O emplastro pode vir em forma de coração, para casos de perda amorosa; em forma de notas de dinheiro, para os problemas financeiros. Ou com o emblema do clube, para quando o time perde a final do campeonato!

– Mas, se o emplastro ficar em algum lugar que não se vê, como é que as celebridades vão servir de propaganda? – perguntou o diretor da área de contato externo.

– Senhores – cortou meu cunhado. – Acho ótimo que já estejam trabalhando com tanto entusiasmo, mas deixemos essas decisões pontuais para uma segunda etapa. Quero continuar com a estratégia geral da campanha. Estou aqui pensando... A princípio não precisamos nos ater apenas ao povo. É certo que os pobres têm até mais motivos para ficar deprimidos e são um ótimo público-alvo para antidepressivos, mas também é certo que, por não terem dinheiro, não prestam muito como consumidores. Portanto, vamos tentar focar nossa campanha na criação de um produto para todas as classes. Um emplastro que sirva aos ricos e aos pobres, está bem?

O diretor de *marketing* encerrou a questão:

– Faremos um produto diferenciado, com embalagem sofisticada, componentes de primeira, grife... e outro mais barato, com materiais vagabundos.

– É preciso saber se existe mesmo viabilidade tecnológica. – Paula olhou para todos com ar superior. – Será que os produtos químicos antidepressivos podem ser absorvidos pela pele?

– Já discutimos isso. É problema da indústria farmacêutica – reagiu minha irmã. – Se o lucro for bom, eles inventam até remédio pelo telefone.

– Talvez emplastro seja melhor do que pílula – reforçou meu cunhado. – Pelo menos não faz mal ao aparelho digestivo.

– É mesmo! Se isso ficar comprovado, a gente arrasa com a concorrência – entusiasmou-se o diretor de *marketing*.

– Você se encarrega da pesquisa junto aos consumidores. – Almir apontou para o diretor da área de contato externo. – Faça um questionário. Procure representantes de todas as classes. Arme grupos de discussão com donas de casa, caminhoneiros, executivos, salva-vidas... Precisamos estudar o impacto da ideia.

– Deixa comigo. Vou atirar pra todo lado.

– Vocês – e meu cunhado apontou para os diretores de *marketing* e de arte – vão trabalhar juntos. Acho que deu pra entender, não é? Vamos propor uma mudança de forma num produto já existente. O consumidor já tem necessidade do produto, temos de convencê-lo a aceitar a modificação de um hábito.

– Para esses casos é preciso uma campanha de consolidação da marca por meio de percepção contínua – sentenciou o diretor de *marketing*. – Anúncios em série, em tevê, jornal e principalmente revista. Revista dura mais. Sem falar nas revistas especializadas, nas malas-diretas, nas amostras grátis para os médicos... Tudo em nível nacional.

– E depois internacional – lembrou minha irmã.

– Tem de ser feita uma campanha forte de imagem – disse o diretor de arte, gesticulando muito. – Fixar a imagem do produto, pra que o sujeito se lembre dele na hora da consulta médica. Criar *slogans* que prometam benefícios e apelem para a ação: "Está estressado hoje? Está triste? Sente-se mal? Você precisa relaxar. Todos estão usando o emplastro... Pergunte a seu médico! Peça a seu médico!".

– Ótimo – apoiou Almir. – Procurem satisfazer o desejo-padrão do consumidor. Ele sempre pensa: "O que é que eu ganho com isso?".

– Será necessário divulgar os componentes químicos? – perguntou Paula.

– Não – respondeu meu cunhado. – Cliente quer saber dos benefícios, e não das características. Vamos informar isso apenas aos médicos. E na bula, claro.

– Criaremos uma mídia especial para os médicos – disse o diretor de *marketing*. – Um *site* na internet, folhetos...

– E o nome? – perguntou Paula. – Será Brás Cubas mesmo?

– É – respondeu minha irmã, ríspida. – Brás Cubas. Como no meu sonho.

– Não é um nome muito esquisito? Complicado? – Paula parecia querer irritá-la.

O diretor de *marketing* voltou a ficar do lado de Roberta:

– Nomes complicados e estranhos são bons. Quando o cliente grava, não esquece mais.

O de arte também:

– E podemos associar a imagem do produto à tradição, a Machado de Assis, à história do Brasil. Pode render matérias na imprensa. Sem falar que nomes começados com as primeiras letras do alfabeto estão sempre em primeiro lugar nas listas. O logotipo da campanha pode ser uma imagem antiga, um pincenê... ou um bigode. Todo mundo tinha bigode naquela época.

– Ou uma bengala – sugeriu Almir, numa clara influência de Cubas, que sorria, feliz, balançando a sua no ar.

A surpresa

A reunião foi tão empolgante que eu mesmo me excedi e escrevi o maior capítulo de todos.

Eles ainda ficaram lá, fazendo planos, por mais umas duas horas.

Cubas circulava entre eles, radiante, pondo a mão no ombro dos que tinham nariz igual ao seu, vendo finalmente seu projeto de vida sendo tocado, quase cento e cinquenta anos depois. Eu fiquei num canto afastado, para pensar na vida.

Acabei pensando na morte.

E eu? Que projeto teria?

Vasculhei todas as minhas vontades da época em que estava vivo. Não encontrei nada que valesse a pena. Cubas estava com a razão. Eram só caprichos. Namorar a menina da praia, pegar uma onda, comprar um carrão. Arranjar umas brigas. Projetos bestas.

A eternidade ia ser um saco.

Todos foram saindo. Brás Cubas os acompanhou. Queria continuar ouvindo os comentários sobre o emplastro. Minha irmã foi ao banheiro.

Na sala restaram apenas Almir e Paula.

– Venha ver uma coisa – ele disse e destrancou a gaveta da sua mesa.

– Nossa! – ela exclamou. – Você é maluco! Guardar isso aqui!

– Vou levar pro cofre do banco mais tarde. Só queria que você visse. Afinal, você é minha sócia no caixa dois.

Eles riram. Almir trancou a gaveta.

Enfiei a cabeça dentro dela. Estava cheia de pacotes de notas de cem dólares!

Quando tirei a cabeça lá de dentro, Almir estava de pé, encostado na mesa, grudado na Paula. Os dois se beijavam. Na boca.

Um sentido para a vida

Eu já estava deprimido com a inutilidade da vida que levara, agora que a via com olhos críticos de defunto. Desperdiçara a oportunidade. Era isso. E fiquei pior ainda ao flagrar o canalha do meu cunhado roubando a agência, desviando dinheiro. E ainda por cima traindo minha irmã com a mulher que ficara com o meu emprego.

Mas não podia esquecer que Roberta também não era nenhuma santa. Também traía Almir. E era melhor eu não enfiar mais a minha cabeça dentro da dela para não descobrir coisas piores.

Revoltado e desiludido, fui me sentar no alto do edifício Avenida Central.

O dia já ia pela metade. As pessoas saíam para o almoço como formigas aflitas. Não pude deixar de estender a elas minhas indagações: para que tudo aquilo, aquele movimento frenético da vida, para quê? Estavam todos atrás do quê? Qual era o significado da vida? Que objetivos justificavam a existência humana?

Então Brás Cubas apareceu sentado a meu lado. Seu estado de espírito não poderia ser mais diferente do meu. Estava feliz como uma criança. O emplastro era seu brinquedo novo. Seu cavalinho de pau. Balançava as pernas lá no alto do trigésimo andar.

— O que foi, caro amigo? — ele perguntou, reparando em mim.

— A vida não tem sentido — respondi. — E parece que a morte também não.

— Alguma desilusão? Isso acontece quando nos tornamos fantasmas e ficamos invisíveis para as pessoas vivas.

— Desilusão? Todas.

— Isso quer dizer apenas que antes o senhor se iludia, meu bom Haroldo. Agora está vendo a vida como ela é. É por isso que, quando estamos perto da morte, dizem que estamos "desenganados". Vivemos todo o tempo "enganados".

— Dizem que viver é desiludir-se. Morrer também é.

— *Antes cair das nuvens, que de um terceiro andar* — lembrou Cubas, olhando para baixo. — Mas, de trinta, já não tenho tanta certeza.

— A vida não tem sentido — resmunguei.

— Tem, sim.

— Não tem, não.

— Tem. Nós podemos arranjar um sentido para ela. Quer um exemplo? A vida de dona Plácida. Lembra-se dela?

— A mulher que cuidava da casa para onde você levava a esposa de seu amigo? Belo exemplo.

— Lembra que eu a subornei com cinco contos de réis? *Isso rendeu-me uma confidência de dona Plácida. Ela contou-me em breves termos a sua história. Era filha natural de um sacristão da Sé e de uma mulher que fazia doces para fora. Perdeu o pai aos dez anos. Já então ralava coco e fazia não sei que outros trabalhos de doceira. Aos quinze casou com um alfaiate, que morreu tísico algum tempo depois, deixando-lhe uma filha. Ficaram a seu cargo a filha, com dois anos, e a mãe, cansada de trabalhar. A mãe tinha a rabugem do temperamento, dos anos e da necessidade.*

— Que sentido você vai encontrar para uma vida assim?

— Espere. O senhor verá. *Dona Plácida trabalhava muito, queimando os dedos no fogão, e os olhos no candeeiro, para comer e não cair. Emagreceu, adoeceu, perdeu a mãe, enterrou-a, continuou a trabalhar. A filha estava com quatorze anos; mas era muito fraquinha e não fazia nada, a não ser namorar.* Bom, até que desapareceu com um sujeito e dona Plácida ficou sozinha no mundo, velha e doente.

– É exatamente isso! – interrompi. – Não vê, Cubas? Uma vida assim, como a dessa mulher... Me diga: que razão de existir tinha dona Plácida?

– Calma, eu chego lá... Muitos anos depois, já separado de Virgília, esta me mandou um bilhete pedindo que fizesse algo por dona Plácida. Fui à casa da pobre velha. Não a encontrava havia muito tempo. *Achei um molho de ossos, envolto em molambos, estendido sobre um catre velho e nauseabundo; dei-lhe algum dinheiro. No dia seguinte fi-la transportar para o hospital da Misericórdia, onde ela morreu uma semana depois. Minto: amanheceu morta; saiu da vida às escondidas, tal qual entrara.*

– Faça-me o favor, Cubas... É com um exemplo desses que você quer me provar que a vida tem sentido?

– Eu também pensei assim, senhor Haroldo... Imaginei dona Plácida vindo ao mundo e perguntando aos pais por que a haviam gerado, ao que eles certamente responderiam: "*Chamamos-te para queimar os dedos nos tachos, andar de um lado para o outro, na faina, adoecendo e sarando com o fim de adoecer e sarar outra vez, triste agora, logo desesperada, amanhã resignada, até acabar um dia na lama ou no hospital; foi para isso que te chamamos, num momento de simpatia*".

– Essa história só está piorando as coisas para mim.

– Você não quer saber qual o sentido da vida de dona Plácida?

– Quero!

– Ora... *se não fosse dona Plácida, talvez os meus amores com Virgília tivessem sido interrompidos, ou imediatamente quebrados, em plena efervescência; tal foi, portanto, a utilidade da vida de dona Plácida. Utilidade relativa, convenho; mas que diacho há de absoluto nesse mundo?*

Se Cubas já não estivesse morto eu o teria matado naquele momento. Eu o empurraria para se espatifar no largo da Carioca, trinta andares abaixo. Mas nem isso eu podia fazer. Não podia fazer nada. Apenas sacudi os ombros e disse:

– Então é isso? Sua única filosofia de vida é o cinismo?

– Não – ele exclamou, indignado. – Minha filosofia de vida é o humanitismo.

– Que diabo é isso?

O humanitismo

O leitor me desculpe, mas a esta altura do livro já se torna necessário lançar mão de todos os truques possíveis para arrastá-lo comigo até o fim. Por isso é que acabo de usar o artifício mais primário para obrigá-lo a ler este capítulo, que é ter terminado o anterior com uma pergunta sem resposta.

Não fique zangado. Aí vai a resposta:

– Humanitismo, senhor Haroldo Paiva, foi uma filosofia concebida por um contemporâneo meu, um grande amigo, chamado Quincas Borba.

– Fiquei na mesma.

– Um dia eu estava caminhando pelo Passeio Público, encantado com a ideia de vir a ser ministro, quando encontrei um antigo companheiro de colégio, o Quincas Borba. Ele sempre fora *tão inteligente e abastado...* mas naquele momento estava horrível. *Imagine um homem de trinta e oito a quarenta anos, alto, magro e pálido. Imagine agora uma sobrecasaca, mais larga do que lhe pediam as carnes. Dos oito primitivos botões restavam três. Um colarinho de oito dias...*

– Lá vem você com mais uma história triste.

– Triste? Mas Quincas não vinha triste! *Não sei se até contente. Talvez contente. Com certeza impassível.* E sabe por quê? Porque era um filósofo!

– Imagino.

– Ele queria me ensinar sua "filosofia da miséria". Naquele dia eu estava com pressa. Perguntei onde ele estava morando, para marcarmos um futuro encontro. *"Sabe onde eu moro?", ele perguntou. "No terceiro degrau das escadas da igreja de São Francisco, à esquerda de quem sobe; não precisa bater na porta."* Nos despedimos. Ele me abraçou. Em casa descobri que havia me roubado o relógio.

– Esse tal de humanitismo é um sistema filosófico bem prático.

– Muito tempo depois recebi uma carta dele. Me enviava um relógio idêntico ao que me roubara e pedia um encontro para me expor *um trabalho, fruto de um longo estudo, um novo sistema de filosofia, que não só explica e descreve a origem e a consumação das coisas, como retifica o espírito humano, suprime a dor, assegura a felicidade e enche de imensa glória o nosso país.*

– O humanitismo.

– É. O humanitismo. *Naturalmente o Quincas Borba herdara de algum dos seus parentes de Minas, e a abastança devolvera-lhe a primitiva dignidade. Guardei a carta e o relógio, e esperei a filosofia.*

– E qual é ela, afinal?

Calma, leitor. A tentação é grande, mas não terminarei o capítulo aqui para obrigá-lo a pular para o outro. Não me rebaixarei a usar o mesmo truque duas vezes.

Mas também não posso cansá-lo a ponto de reproduzir toda a filosofia de Quincas Borba, que, como lembrava Cubas, ocupava *quatro volumes manuscritos, de cem páginas cada um, com letras miúdas e citações latinas.*

Vou repetir o resumo de Cubas:

– *Como a vida é o maior benefício do universo, não há mendigo que não prefira a miséria à morte. Porquanto, só há uma desgraça: é não nascer. Daí a necessidade a adorar-se a si próprio.*

– Uma filosofia bem cômoda – desdenhei.

– E para que serviria uma filosofia incômoda?

– Você acha que ela justifica a nossa existência? – insisti.

– Claro! Plenamente!

– Como?

– *Imagina, por exemplo, que eu não tivesse nascido. É positivo que não teria agora o prazer de conversar contigo.*

– Mas estamos mortos...

– Se não tivéssemos nascido, não estaríamos mortos.

– Certo. Mas isso não anula o fato de estarmos mortos, o que é sempre uma perda...

– Não. Segundo o humanitismo... *Não há morte. O encontro de duas expansões, ou a expansão de duas formas, pode determinar a supressão de uma delas; mas, rigorosamente, não há morte, há vida, porque a supressão de uma é a condição da sobrevivência da outra, e a destruição não atinge o princípio universal e comum.*

– Pois continuo achando que perdi alguma coisa.

– Isso é uma ilusão. Não se pode perder Humanitas.

– Que diabo é isso?

– Segundo o humanitismo, *Humanitas é o princípio único de todas as coisas, residindo igualmente nas partes vencida e vencedora, no condenado e no algoz, de sorte que não há perda alguma onde parecia haver uma desgraça. Daí que a dor não existe, nem tem cabimento... Não há exterminado. Desaparece o fenômeno; a substância é a mesma. Nunca viste ferver água?*

– Claro que sim.

– *Hás de lembrar-te que as bolhas fazem-se e desfazem-se e tudo fica na mesma água. Os indivíduos, nós, somos essas bolhas transitórias. Qual a opinião dessas bolhas sobre isso? Que importa? Bolhas não têm opinião.*

Percebi logo que o humanitismo era um daqueles sistemas filosóficos que vão se tornando mais incompreensíveis à medida que vamos tentando entendê-los e mudei de assunto. Aquela conversa pelo menos tinha alterado o meu humor. Eu não estava mais deprimido. Agora eu tinha raiva. Muita raiva.

– Vamos voltar à agência – eu disse. – Quero acertar umas contas com o Almir.

Made in Brazil

Corta. De volta à sala de Almir. Ele não está. Minha irmã fala ao telefone. Está explicando a uma amiga que o marido é um banana e que, se não fosse por ela, a agência de propaganda iria à falência.

– Eu levo isto aqui nas costas – ela diz.

Sento na poltrona de couro em frente a ela e assisto às mentiras.

Brás Cubas surge na poltrona ao lado.

– O que o senhor tenciona fazer? – ele me pergunta.

– Quero acabar com a vida do Almir – eu digo. – Vou dar um jeito de todo mundo ficar sabendo sobre o caso dele com a Paula! Vou revelar a existência do caixa dois! Do desvio de verba! Da gaveta cheia de dólares!

– Posso saber como?

Eu não havia pensado nisso. Ele me desanimou:

– O cavalheiro esquece que não tem mais como interferir na realidade? Podemos só transmitir pensamentos, mesmo assim para poucas pessoas.

– Então... basta que eu entre na cabeça da minha irmã e conte tudo a ela!

– Sem provas materiais? Será a palavra dela contra a dele.

O senhor acha que isso vai mudar alguma coisa? Olhe para sua irmã... toda contente com a vida que leva, com o dinheiro que recebe da agência. Quer tirar-lhe isso? E quem garante que ela não sabe de tudo e finge que não vê por comodismo, para não ter que enfrentar uma crise?

A verdade é que eu já estava em dúvida, por isso o deixei falar.

– Senhor Haroldo, é estranho pedir a um fantasma que tenha juízo... mas eu lhe peço: deixe as coisas como estão. Nós não temos mais responsabilidade sobre a vida dos vivos. Somos fantasmas, não almas penadas.

– Qual é a diferença?

– *Penada* quer dizer "que cumpre uma pena, um castigo". Não precisamos nos sentir culpados de nada. Os vivos levam a vida que eles mesmos decidem levar e, em geral, merecem os problemas que arranjam.

A revolta se debatia dentro de mim, como um peixe no aquário, em círculos, sem poder ir longe.

– E tenho um outro motivo para lhe pedir que não faça nada, senhor. Um motivo egoísta, como sempre – Brás disse isso num tom de voz muito triste.

– Qual é?

– Se o senhor criar um grande escândalo aqui dentro, certamente abalará a empresa, e isso porá um fim à campanha do meu emplastro. Não faça isso. Eu lhe peço. O emplastro é a única coisa que me resta. A única maneira que tenho para me reabilitar perante a opinião pública.

– Como assim?

– Ora, o cavalheiro sabe muito bem o que Machado de Assis fez comigo.

– Sei?

– É só ler o livro! Que retrato ele fez de mim? Um homem comum, sem qualidades. Aliás, com uma porção de defeitos. Passei para a posteridade exatamente como fui. Medíocre, mesquinho, cínico, fracassado.

– E você queria o quê?

– Ora, ser um herói, claro. Ou então ter sido esquecido. É, herói ia ser difícil. Melhor seria ter sido esquecido. Mas não. Machado quis fazer uma denúncia devastadora da elite brasileira e me pegou como exemplo. Foi um tremendo azar da minha parte.

– Denúncia devastadora?

– Ele me usou para mostrar como o Brasil funcionava... e, parece, como ainda funciona. Ele sabia o que estava escrevendo. Machado nasceu pobre e mulato. Ele ascendeu socialmente. Conheceu todas as classes. Sentiu na pele como age a elite brasileira.

– Entendo.

– Meu único consolo é que não estou sozinho nessa. Ele criou uma galeria de tipos para me acompanhar que não fica a me dever nada. É um pior do que o outro. A única que se salva é Eugênia, a menina pobre e coxa. É a única com um pouco de dignidade no livro. Mas termina num cortiço miserável. É quase sempre o destino de quem não se humilha.

Nesse ponto Almir entrou na sala. Minha irmã desligou o telefone. Eles se beijaram e saíram para almoçar, abraçados. Aquilo me revoltou:

– Vou acabar com essa hipocrisia!

– Deixe como está – insistiu Cubas. – Por favor... o emplastro...

– Dane-se o emplastro!

– Mas é a única forma de me redimir perante a posteridade!

– Vou acabar com esse Almir!

– Almir é um brasileiro comum, meu caro amigo. Não se pode acabar com ele assim. É um produto genuinamente brasileiro.

Cubas disse isso num tom tão divertido que fiquei curioso. Ele percebeu meu interesse e completou:

– Eu também tive um cunhado como o seu.

Os cunhados

Não pense o leitor que me esqueci da promessa feita no capítulo "Fazendo a cabeça da irmã", em que me propus dedicar todo um capítulo aos dois cunhados. Eu estava apenas esperando a hora certa.

– O meu se chamava Cotrim – contou Cubas. – Por que digo que era um brasileiro comum? Veja bem... era um comerciante respeitado, mas contrabandeava escravos. Era um pai de família dedicado, membro de várias associações religiosas, mas mandava *com frequência escravos ao calabouço, donde eles desciam a escorrer sangue.* Ajudava os necessitados, mas fazia questão de anunciar nos jornais os benefícios que praticava. Resumindo, Cotrim era a prova viva de que um homem normal pode muito bem ser um monstro.

É claro que, conforme Cubas descrevia seu cunhado, eu via o meu.

– Cotrim era o rei do lugar-comum – continuou Cubas. – O mestre das citações ilustres mas vazias, das frases feitas. Era um representante das ilegalidades respeitáveis. Diga lá se Almir não é o mesmo. Também ele não vive cometendo infrações e, apesar disso, goza de ótima reputação?

– É verdade. A contabilidade desta agência é um caso de polícia. E eu sei que ele já se meteu em negociatas pra lá de escusas.

– No meu tempo era o tráfico de escravos – lembrou Cubas.

– O comércio de negros era o negócio mais lucrativo e continuou sendo, mesmo depois da proibição. Quando vieram as ideias liberais, com os ingleses e a revolução industrial, a escravidão ficou fora de moda. Moderno era ser antioligárquico, antiescravista... Mas, como na prática a nossa elite dependia do trabalho escravo, formou-se aí o rico típico do Brasil: moderno na aparência, bárbaro na realidade. Não é assim o seu Almir?

– É.

– Não se vive assim até hoje? Luxos extremos cercados por fome, violência, doenças, miséria...

– É.

– Mas se o senhor perguntar aos nossos cunhados eles vão dizer que não têm culpa. Que fazem seu trabalho. Que ajudam os outros.

– Almir é católico. Vai à missa todo domingo de tarde. Tem uma fundação para menores carentes.

– Pois é. Temos uma das elites mais bárbaras do planeta... mas que faz uma ideia muito amável de si mesma.

– O pai de Almir já era um grande empresário. Ajudava muitas entidades beneficentes. Mas colaborou com dinheiro com a ditadura militar. E cedeu seu próprio sítio em Petrópolis para sessões de tortura de presos políticos.

– Para eles não se trata de saber o que é certo ou errado, compreende? Mas de arranjar as coisas de maneira que não se corra nunca o risco de empobrecer. O máximo que podem sofrer são pequenas cólicas morais, que passam logo.

Ficamos calados por um bom tempo. Cubas alisava sua bengala e olhava pela janela. Eu meditava, com a cabeça virada para o teto.

– Senhor Haroldo – Cubas interrompeu meus pensamentos –, posso lhe fazer uma proposta?

O futuro com emplastro

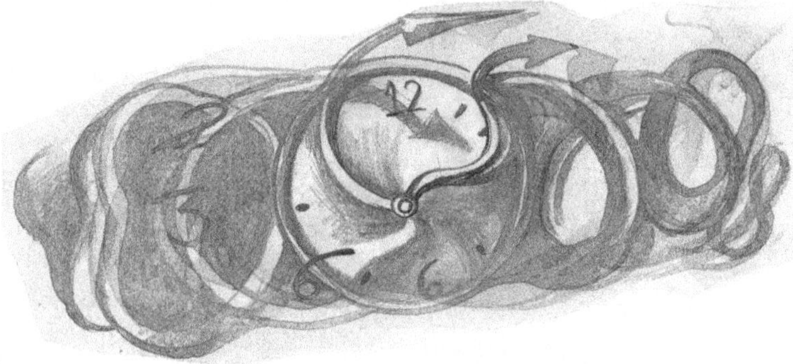

(O leitor vai me perdoar: prometi não terminar mais os capítulos com perguntas, mas foi irresistível.)

– Qual?

– O cavalheiro deixa tudo como está, e eu o levo a uma viagem de "saltos no tempo".

– Como é isso?

– Coisas de fantasma. O senhor já ouviu dizer que, quando uma pessoa está morrendo, toda a sua vida passa diante dela como um filme? Machado faz uma descrição dessas no capítulo sétimo da minha biografia.

– Já ouvi dizer. Mas não vi nada quando morri.

– Talvez não funcione em atropelamentos... Uma viagem de "saltos no tempo" é algo semelhante, só que para a frente, para o futuro. E não apenas o nosso futuro, mas o de toda a humanidade. Podemos avançar no tempo, aos pulos. O truque é seguir alguma coisa específica. Acompanhar os vários momentos do futuro de um filho, por exemplo, ou até de um país.

– Já sei aonde você quer chegar.

– Naturalmente. Meu emplastro. Preciso saber como ele vai ser recebido pelo mundo. Acredito que irá mudar a história da humanidade. Meu emplastro tornará as pessoas permanentemente felizes. Pessoas felizes não farão guerras! Pessoas felizes se amarão umas às outras! Pessoas felizes não explorarão a miséria dos outros!

Bom, eu não estava fazendo nada mesmo... E na verdade já havia me convencido de que não podia, nem queria, consertar o mundo dos vivos. Concordei.

– Vamos lá, Cubas. Quem sabe o seu emplastro não dê jeito até no meu cunhado?

Ele então me preveniu de que as viagens de "saltos no tempo" são como um delírio, mas que eu nada temesse, porque ele tinha muita prática e sabia como nos fazer voltar.

Partimos.

Delícias e flagelos

Eu era o cachorrinho pequinês de uma família feliz. Estavam todos na sala, vendo novela na tevê, e eu corria em volta da mesa de centro, atrás de uma bolinha de papel atirada pelo caçula feliz da família feliz. Todos sorriam e se abraçavam, e na novela todos também sor-riam e se beijavam e abraçavam. Quando eu passava junto ao sofá, via as pernas do marido, da esposa, da sogra; e nas almofadas, no chão, as pernas do filho mais velho, da namorada dele e da filha adolescente do casal. E vendo as pernas de toda a família eu sabia por que estavam felizes. Todos usavam o emplastro Brás Cubas.

Eu era um poste na calçada. Bem na minha frente pessoas alegres formavam uma enorme fila. Esperavam para serem atendidas num hospital que ainda nem abrira as portas. Era de madrugada e ventava muito. Todas estavam conformadas com a espera e se sentiam bem. Eu não podia ver, porque postes não têm olhos, mas tinha certeza, porque postes têm certeza das coisas, de que por baixo dos casacos e camisas todos traziam um emplastro Brás Cubas colado no corpo.

Milhares de fragmentos de imagens chegavam de todos os lados. Trechos de comerciais de tevê. Depoimentos de pessoas famosas.

Músicas. Um ator de televisão revelava a razão de sua eterna alegria: o emplastro Brás Cubas. Uma milionária confessava que saíra de décadas de depressão e hipocondria graças ao emplastro Brás Cubas. Duas vizinhas discutiam as vantagens de usar um emplastro, em vez de pílulas antidepressivas. Diziam que as pílulas sumiam dentro do corpo, enquanto o emplastro estava sempre ali, grudado na pele e por isso dava uma maior sensação de proteção. Elas estavam dentro de um tubo de tevê, e então não eram mais elas mesmas, mas velhas chinesas que exibiam orgulhosas seus emplastros enquanto praticavam *tai chi chuan* numa praça de Pequim. Em seguida dois velhos russos cortavam lenha, felizes, na Sibéria, com emplastros Brás Cubas colados no bíceps. Índios na Amazônia pescavam contentes com emplastros nas costas.

Fui levado para todos os cantos do planeta através de fios de tevê. Estava ao mesmo tempo observando cangurus na Austrália, ouvindo *jazz* em Nova Orleans, bebendo chope em Berlim, comendo pastel em São Paulo, passeando pelo Louvre em Paris, caminhando bêbado por um vinhedo em Portugal, mascando folha de coca numa trilha peruana, pegando uma praia em Cuba, e em cada canto da Terra olhava em volta e via pessoas felizes, todas com emplastro Brás Cubas!

Eu era um livro aberto diante dos olhos de um médico, e em mim o médico lia, feliz, que o emplastro Brás Cubas havia revolucionado a medicina porque, ao curar a melancolia e a hipocondria, afastara as doenças e se tornara o único remédio, vendido no mundo inteiro, um remédio que curava tudo!

E então eu estava em algum ponto do futuro, eu era o farol de uma pequena nave que voava entre arranha-céus de trezentos andares e iluminava imensos *outdoors* que anunciavam o emplastro Brás Cubas. E a nave estava indo para a minha agência de propaganda. E quando chegou lá eu era uma espécie de computador, e li nos meus próprios arquivos a memória da minha famí-lia e fiquei sabendo que era a mais rica da Terra. Soube que mi-nha irmã e Almir haviam ganhado uma fortuna incalculável com o emplastro, que tinham comprado até países inteiros, que ainda estavam vivos, com seiscentos e quinze anos de idade, vivendo numa bolha atemporal na superfície da Lua, de onde continuavam a comandar a fabricação e a distribuição, por todo o universo, do emplastro Brás Cubas.

Eu compartilhava a felicidade do mundo, mas então ouvi uma voz. Era Brás Cubas. Parecia cansado e desiludido: "*Tal é o espetáculo. A história do homem e da Terra tinha assim uma intensidade que não lhe podiam dar nem a imaginação nem a ciência, porque a ciência é mais lenta, e a imaginação mais vaga*".

Não sei como, mas compreendi que estava vendo apenas o que queria ver. Que a felicidade geral era apenas um lado da moeda.

Eu era um emplastro e estava empapado de sangue dentro de uma vala comum, grudado no corpo de um soldado morto numa guerra. Os cadáveres sorriam. Eu era um emplastro Brás Cubas atravessado por um tiro no corpo de um traficante numa favela do Rio de Janeiro. Eu era o emplastro colado ao braço musculoso do militar que torturava um homem numa sala escura. O torturado sorria, com um emplastro nas costas, coberto de sangue.

Eu via na tevê políticos e generais dizendo que as guerras eram inevitáveis. Eu via exércitos sorrindo ao trucidar velhos e crianças, que morriam com um sorriso nos lábios.

Eu era um pássaro preto que sobrevoava um campo de refugiados, buscando moscas. Eu voava entre os miseráveis que morriam de fome, desviando de pacotes de emplastros Brás Cubas, que eram atirados de aviões como ajuda humanitária.

Eu estava colado no ombro de um comandante de nave espacial no momento em que ele acionava os mísseis e explodia toda a vida humana num planeta distante. Eu ouvia os gritos de dor se espalhando pelo universo. E as gargalhadas ecoando no vácuo.

Eu via o outro lado dos anúncios de tevê.

E ouvia, ao longe, a voz de Brás Cubas: "*Os séculos desfilavam num turbilhão... – flagelos e delícias – desde essa coisa que se chama glória, até essa outra que se chama miséria... Aí vinham a cobiça que devora, a cólera que inflama, a inveja que baba... e a ambição, a fome, a vaidade, a riqueza, o amor, e todos agitavam o homem, como um chocalho, até destruí-lo, como um farrapo*".

Eu era um tapete sintético, felpudo. Em cima de mim havia uma mesa, e em torno dela altos executivos da minha agência de propaganda discutiam as estratégias de venda do emplastro Brás Cubas. Eles decidiam como matar concorrentes, como provocar guerras para deixar as pessoas tristes e forçá-las a consumir mais emplastros antidepressivos, como criar novas situações de estresse, de medo, de pânico... como provocar desastres... como pagar às indústrias de alimentos para que colocassem em seus produtos substâncias que causassem depressão... como se associar à indústria de armas e às igrejas, para lucrar também com o terror e o consolo...

Senti que pisavam em mim com mais força. Eram as quatro patas enormes de um rinoceronte.

Eu era eu mesmo, Haroldo Paiva, sentado em cima do rinoceronte, abraçado a Brás Cubas. Íamos a uma velocidade impressionante, através de um túnel de luz.

O rinoceronte estava parado entre as tumbas do cemitério. Cubas escorregou pela carapaça do bicho e me ajudou a descer também. O rinoceronte era um gato, que saiu perseguindo uma barata. A barata lutava pela vida.

A revelação

Cansado e ainda surpreso com as sensações dos "saltos no tempo", tive a impressão de que estava vivendo uma cena já acontecida: meu primeiro encontro com Brás Cubas no cemitério.

Ele estava à minha frente, apoiado na bengala. A Lua cheia refletia nos mausoléus de mármore. Parecia terrivelmente abatido, mesmo para um fantasma.

– Bom... – ele suspirou, olhando as estrelas – parece que meu emplastro também não curou a humanidade.

– É – tive de concordar. – Continuaram as guerras, a miséria, a exploração.

– O cavalheiro está de prova: mesmo felizes, as pessoas prosseguiram se matando, brigando pelo poder, manipulando mentes, correndo atrás do lucro de qualquer maneira...

– E tudo isso com um sorriso no rosto. É espantoso.

– Meu caro senhor Haroldo, eu tentei. Acho que agora posso finalmente *descansar em paz, de modo que me há de encarar o próprio ESQUECIMENTO.*

– Ei... você não pode me deixar assim. Preciso entender mais como funciona essa coisa de ser fantasma. – Eu estava morrendo de medo de ficar sozinho comigo mesmo num cemitério.

Mas Brás Cubas não pareceu me ouvir. Continuou a olhar para as estrelas e a se despedir:

– *Não alcancei a celebridade. Não fui ministro, não fui califa, não conheci o casamento. Verdade é que, ao lado dessas faltas, coube-me a boa fortuna de não comprar o pão com o suor do meu rosto.*

Fiquei aflito. Ele ia desaparecer mesmo. Já parecia ignorar minha existência. Tive o impulso de segurá-lo, mas minhas mãos cortaram o vazio.

– Cubas... fique! – gritei. – Espere mais um pouco! Eu preciso de companhia. Por favor, me apresente a outros fantasmas!

Ele então olhou para mim com espanto:

– Outros fantasmas?

– É, Cubas. Algum músico legal... Eu queria falar com o Jimmy Hendrix, por exemplo. Ah, será que você não pode me apresentar o Picasso? Tem também o Van Gogh. Eu sempre quis conhecer o Van Gogh. E o Machado de Assis, claro! Queria conversar com ele pessoalmente. Podemos encontrar também o Raul Seixas! Puxa, ia ser legal encontrar o Raul! Você não pode me levar até ele?

Cubas continuou a me olhar de um jeito estranho, e eu fiquei com medo:

– O que foi?

– Acho que o cavalheiro ainda não entendeu uma coisa... – ele disse.

– O que foi? – repeti.

– As pessoas que o senhor citou existiram de verdade.

– Claro que existiram.

– Nós não podemos encontrá-las, ora.

Eu já sabia a resposta. Mas mesmo assim perguntei:

– Por que não?

– O amigo ainda não percebeu? Nós dois somos personagens de livros. Nunca existimos de verdade. Passar bem.

E Cubas sumiu.

Epílogo

A esta altura o leitor já descobriu que menti.

Prometi duas revelações surpreendentes até o final do livro e disse que elas não estariam nos dois últimos capítulos. Desculpem, mas na guerra, no amor e na literatura vale tudo.

O fato é que Brás Cubas me deixou sozinho num cemitério e com uma dúvida desesperadora. Então eu também era apenas uma personagem?

Eu não sabia o que fazer a seguir.

Escutei vozes. Havia um velório. Vi um grupo de pessoas ao longe, atrás de janelas de vidro, velando um defunto. Eu precisava ver gente. Se não fossem reais, que fossem pelo menos personagens do mesmo livro em que eu estava.

Eu tinha muito medo de que o último capítulo se encerrasse antes de eu chegar até as pessoas daquele velório. Tinha medo de permanecer sozinho o resto da eternidade entre as páginas de um livro, por isso entrei correndo na capela mortuária.

Para minha surpresa, o morto era eu.

Era o meu velório.

Ali em volta estavam o Almir, minha irmã, a Paula, alguns amigos.

Me sentia deslocado em meu próprio enterro, velando a mim mesmo. Achei mais educado entrar em meu corpo de novo para receber as últimas homenagens.

Fiz isso. Deitei sobre o meu cadáver, cruzei as mãos sobre a barriga e fechei os olhos.

Pouco depois senti um beijo na testa. Em seguida me passaram a mão no rosto. Abri os olhos.

Diante de mim estava Tânia, a professora de literatura, a mulher que amei...

– Haroldo... – ela disse, chorando. – Haroldo...

Um homem de branco apareceu a seu lado. Uma enfermeira a segurou pelos ombros e a afastou com delicadeza. O homem era um médico. Eu estava numa sala de hospital, com fios saindo da cabeça e com a perna direita engessada, suspensa por tiras de pano.

– Você escapou de boa – disse o médico...

– O qu... que aconte... teceu?

– Não lembra?

– Ma... mais ou menos. Um... ô... nibus amare... lo...

– Você foi atropelado, meu amigo. Na avenida Rio Branco, no centro da cidade.

– So... sonhei com um fantasma fa... moso.

– O centro da cidade está cheio de fantasmas. Um deles te pegou.

– Co... mo estou?

– Quebrou a perna. Nada grave. Mas bateu a cabeça no chão. Não sofreu traumatismo craniano, mas entrou em coma.

– Em coma?

– Há cinco dias. Não se pode saber o que está acontecendo num caso desses. Fizemos todos os exames. Não há sequelas no cérebro. Se você acordasse, estava afastado o perigo. Bom... você acordou! Tudo bem! Bem-vindo à vida!

– O... brigado.

– Posso fazer algumas perguntas, só para testar sua memória?

– Pode...

– Como é o seu nome completo?

– Haroldo... Haroldo Pa... Paiva.

– Quantos anos você tem?

– Cin... cinquenta e seis.

– Profissão?

– Pu... blicitário. Diretor de agência.

Ele deu umas palmadinhas na minha perna boa e sorriu:

– Ótimo. Mais tarde volto para fazer novos exames. Fale com a sua... amiga? Foi ela que trouxe você depois do acidente e ficou aqui todos esses dias.

Tânia voltou a aparecer, enxugando as lágrimas.

– Estou bem. Verdade... – eu disse. – Tive... um sonho... com uma estranha personagem... ela me encomendou uma campanha publicitária...

– Você trabalha até em estado de coma. Precisa descansar.

– Como é que acharam... você?

– Telefonaram para a faculdade. Encontraram meu número na sua carteira... atrás de uma foto minha. Você guardou uma foto minha na carteira esses anos todos...

Nos olhamos em silêncio. Não era preciso dizer mais nada.

Eu consegui dar um sorriso e apertei a mão dela.

A mão dela existia.

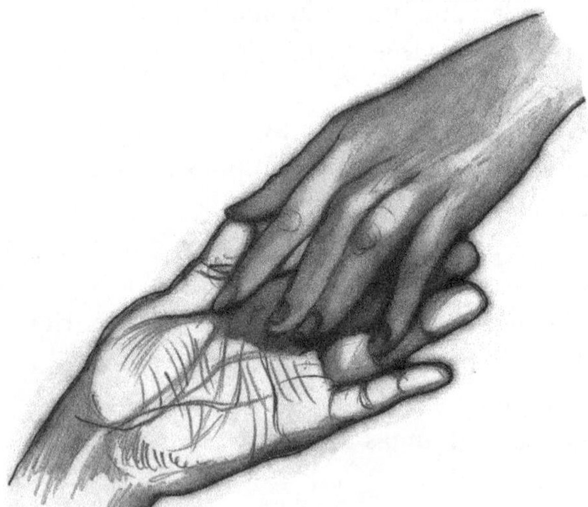

Epílogo

Leitor, se você chegou até aqui, creio que não vai parar, faltando tão pouco para o fim. Mas mesmo assim não me arrisco e cometo o absurdo de escrever um livro com dois epílogos, porque tenho a certeza de que ninguém deixa de ler um capítulo com esse título.

Volto para dizer que Tânia entrou na minha vida para não sair mais.

O sonho comatoso que descrevi neste livro serviu-me de catarse. Nele esclareci os motivos da existência doentia que vivera e vislumbrei um enredo futuro capaz de melhorá-la.

Tânia será protagonista desse novo enredo.

No entanto, preciso confessar, nem tudo será fácil. Vou me abrir com você, leitor. Tânia me ama, quanto a isso não existem dúvidas, mas está desconfiada de que a usei para sair de uma situação difícil.

Ela afirma que a fiz voltar na trama no último capítulo, não só porque a amava, mas pelo desespero diante de uma eternidade solitária de defunto, depois que Brás Cubas desapareceu.

Para ser totalmente sincero, acho que ela tem um pouco de razão e estou me sentindo culpado por tê-la arrastado a este destino incerto de personagem em que Cubas me colocou e deixou.

Para piorar a situação, ela é professora de literatura e tem várias críticas a este livro que – não se preocupe – estou acabando de escrever.

Diz que não sabe se isto é um romance de aproximação a um clássico, um ensaio metalinguístico, uma narrativa de realismo fantástico em que foi forçada uma verossimilhança conveniente no final, um livro espírita psicografado ou simplesmente uma bagunça danada.

– Você descuidou do trabalho analítico, da organização, da estruturação narrativa – ela me acusa. – Não há um fio condutor minimamente preciso. Falta amarração, objetividade, clareza, coesão. Coerência. E a minha entrada em cena... faça-me o favor. Você forçou a barra. Me usou para dar um final feliz a uma história sem pé nem cabeça! Ridículo!

O que posso dizer em minha defesa?

Vou ter de aturar as críticas de Tânia pelo resto da eternidade. E ela não tem papas na língua.

Tudo bem, sempre é melhor do que a solidão a que eu seria condenado como personagem, quando você acabasse de ler este livro. Não teria para me consolar nem ao menos um projeto póstumo.

Não é fácil para ninguém aceitar que não existe.

Não, leitor, não faça esse ar superior, de distante compreensão. Você tem certeza de que existe fora destas páginas? Não se esqueça de que, se me acompanhou até aqui, de certa forma você também foi personagem deste livro. Você foi "o leitor".

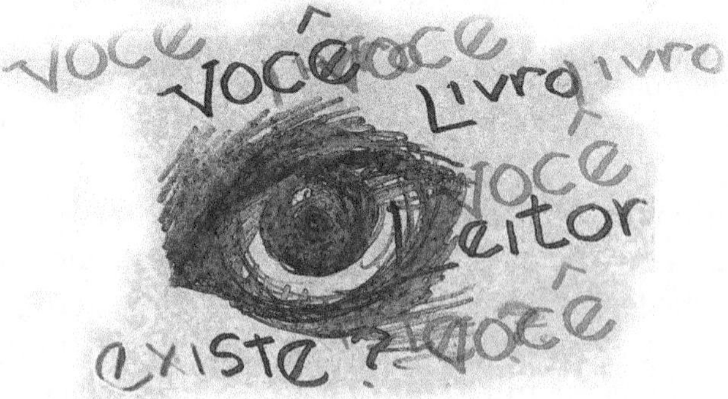

O autor

Marynete Martins

Nasci no Rio de Janeiro e atualmente estou de novo nessa cidade, depois de algumas andanças pelo planeta.

Tenho conseguido viver escrevendo livros, roteiros de cinema e peças de teatro.

Transformei um pequeno apartamento no bairro de Santa Teresa em escritório. Fica no alto de uma montanha, e às vezes passo dias aqui trancado, lendo, escrevendo e vendo filmes.

Tenho tido tempo para reler as obras de alguns autores. Livros que me fascinaram no passado quase sempre tornam a me impressionar. Foi o que aconteceu com *Memórias póstumas de Brás Cubas*.

Machado de Assis, ao imaginar no século XIX um remédio que curasse a melancolia, estava antecipando em cem anos o surgimento dos antidepressivos. Assim que acabei a releitura, quis dar a Brás Cubas a chance de ver seu projeto realizado afinal. Mesmo que depois de morto. O mundo precisa saber que o antidepressivo foi inventado por um brasileiro...

Entrevista

Ivan Jaf é escritor, dramaturgo e roteirista de quadrinhos e de cinema. Estudou comunicação e filosofia e já foi pintor. De uma de suas entrevistas, recolhemos esta afirmação: "Livro faz ficar inteligente e pensar com a própria cabeça. E acalma". Depois da leitura de seu *Projetos póstumos de Brás Cubas*, vale acrescentar: "E diverte também!". Saiba mais sobre Ivan Jaf e sua obra lendo a entrevista a seguir.

FALE MAIS SOBRE A IDEIA DE TORNAR BRÁS CUBAS PERSONAGEM DE UM LIVRO SEU.

• Relendo o livro de Machado de Assis, fiquei espantado com a atualidade da personagem. Brás Cubas é um representante típico da nossa elite: "descompromissado, egocêntrico, exibicionista, a quem ensinam a ter caprichos e a quem quase tudo é permitido no Brasil, tendo-se dinheiro". Tive vontade de criar um Brás Cubas atual. E que os dois se conhecessem.

NOS PASSEIOS DOS FANTASMAS DE BRÁS CUBAS E HAROLDO PAIVA, VOCÊ NOS MOSTRA UM POUCO DA CIDADE DO RIO DE JANEIRO DO TEMPO DE MACHADO DE ASSIS, FAZENDO UM CONTRASTE COM O RIO ATUAL E INVARIAVELMENTE RESSALTANDO QUE HOUVE UMA PIORA, UMA DETERIORAÇÃO. NA SUA OPINIÃO, O PROGRESSO PODE TAMBÉM REPRESENTAR DECADÊNCIA, RETROCESSO?

• Depende da direção que esse progresso toma, a que fim se dirige. Talvez por termos uma alma de colônia, nosso progresso é movido pelo extrativismo e é capaz de arrasar o meio ambiente em poucas décadas. O Rio de Janeiro é um bom exemplo. Da época de Machado até hoje, conseguimos poluir todas as praias e rios e multiplicamos a miséria e a violência. Houve progresso, claro, mas para poucos.

NOVIDADE OU NÃO, O EMPLASTRO BRÁS CUBAS PROMETE SE TORNAR A SENSAÇÃO NO MUNDO DOS ANTIDEPRESSIVOS. "VAMOS NOS CONCENTRAR NA PROPAGANDA! MUITA PUBLICIDADE!", EXIGE BRÁS CUBAS. FICÇÃO À PARTE, NA SUA OPINIÃO, A PROPAGANDA É MESMO A ALMA DO NEGÓCIO? COMO TORNAR O CONSUMIDOR UM CIDADÃO MAIS CONSCIENTE, MAIS CRÍTICO DIANTE DA PUBLICIDADE?

• Talvez a sociedade moderna, com suas técnicas avançadas de persuasão, não nos dê mais a chance de ser cidadãos. Antes éramos súditos. A república nos tornou cidadãos. Atualmente somos consumidores. Está muito difícil exercer a liberdade. Eu estou tentando. Procuro ver televisão o mínimo possível, não compro nada que queiram me vender e me recuso a comer qualquer coisa que venha em pacotes muito coloridos.

UMA DAS QUESTÕES QUE MAIS PREOCUPAM PAIS E PROFESSORES É O FATO DE OS JOVENS DE HOJE LEREM POUCO E PREFERIREM SE DIVERTIR DIANTE DA TELEVISÃO E DO COMPUTADOR. O QUE DIZER A ESSES JOVENS, COMO CONQUISTÁ-LOS?

• Vou ensinar dois truques. Primeiro: os pais devem ficar atentos às crises existenciais dos filhos. A adolescência, por exemplo, é cheia de crises desse tipo. É nessas horas que eles devem dar livros. Existem coisas que só se aprendem nos livros. Os pensamentos profundos, que chegam a dar um sentido à vida, estão nos livros. A televisão e o computador são distrações. Segundo: antes de ficar pensando em como incentivar os filhos a ler, os pais devem é ler mais. Nada estimula mais a leitura do que ter de fazer silêncio porque o outro está lendo.

COM OS *PROJETOS PÓSTUMOS DE BRÁS CUBAS*, O LEITOR QUE AINDA NÃO CONHECE MACHADO DE ASSIS É CONQUISTADO. POR QUE É IMPORTANTE LER OS CLÁSSICOS? O QUE OS LIVROS REPRESENTAM EM SUA VIDA?

• Sou um pouco suspeito para falar de livros. É como perguntar a um padeiro o que o pão representa em sua vida. Livros me ensinaram tanto sobre a vida quanto a própria vida. Quanto aos clássicos, lê-los, para mim, é uma exigência. São monumentos, e preciso conhecê-los. Livros que resistiram ao tempo, que é o crítico mais rigoroso, com certeza têm alguma coisa muito especial a dizer.

HOJE VOCÊ TEM DEZENAS DE LIVROS PUBLICADOS, VÁRIOS PRÊMIOS E MUITOS LEITORES. COMO SE SENTE QUANDO PENSA EM SUA TRAJETÓRIA COMO ESCRITOR?

• Espantado. Neste exato momento em que escrevo esta linha, alguém pode estar abrindo um livro meu no interior do Amapá e conhecendo um pouco do meu espírito. É um espanto. E uma responsabilidade.

ENTRE LINHAS SOCIEDADE

Projetos póstumos de Brás Cubas

Ivan Jaf

Suplemento de leitura

Quando o fantasma de Brás Cubas – aquela personagem do livro de Machado de Assis – descobre que o recém-finado Haroldo Paiva fora publicitário quando vivo, suas esperanças se renovam. Afinal, depois de mais de cem anos como alma penada, acaba de encontrar o parceiro ideal para realizar o projeto de sua vida, ou melhor, de sua morte: o lançamento do emplastro Brás Cubas, capaz de combater a melancolia da humanidade. Mas como dois fantasmas vão lançar um produto no mercado? Bem, isso não é difícil numa história em que os mortos se comunicam com os vivos, visitam o passado, saltam no tempo para espiar o futuro, discutem a teoria do cavalinho de pau e a filosofia do nariz!

21. Brás Cubas, enquanto plana sobre o Rio de Janeiro do século XXI, vai contando a Haroldo como era a cidade no seu tempo (capítulo "Pássaros noturnos"). E foi nesse tempo, a segunda metade do século XIX, que viveu um dos pioneiros da fotografia no Brasil, Marc Ferrez. Sua obra constitui um dos principais documentos visuais do país e, em especial, do Rio de Janeiro. Para saber mais sobre Marc Ferrez e conhecer sua obra, visite a biblioteca de sua escola, do bairro, da cidade ou pesquise na Internet. O site do Itaú Cultural (www.itaucultural.org.br) pode ser um bom ponto de partida para sua pesquisa. Nele você encontra uma breve biografia do fotógrafo, indicações de obras para consulta e outras informações; é possível até mesmo apreciar alguns de seus trabalhos.

Atual Editora

18. E se Haroldo Paiva estivesse mesmo morto? Como seria sua eternidade? Ele teria ou não a companhia de Brás Cubas? Será que conheceria outros fantasmas? O que faria para vencer o tédio? Escreva um final diferente para o livro partindo dessas suposições. Lembre-se de que as atitudes das personagens, no final que você vai criar, devem ser coerentes com o jeito de ser que elas revelaram ao longo da narrativa.

Atividades complementares

(Sugestões para Literatura, Ética, Trabalho e Consumo, História e Artes)

19. Um dos autores mais – merecidamente – celebrados da literatura brasileira é Machado de Assis. Os trechos citados de *Memórias póstumas de Brás Cubas* são um breve exemplo da riqueza de sua escrita. Faça uma pesquisa sobre a vida e obra desse autor e anote os dados que considerar mais interessantes. Depois, para se familiarizar com seu estilo e sua técnica, procu-re ler alguns de seus contos antes de partir para os romances. Não deixe de ler *Memórias póstumas de Brás Cubas* na íntegra, caso ainda não o tenha feito.

20. A publicidade faz parte do nosso mundo e é responsável por difundir estilos de vida, modelos de beleza e comportamento e por criar necessidades. Converse com seus pais, avós, vizinhos, amigos: pergunte a eles o que pensam da publicidade e se já se sentiram compelidos a consumir sem real necessidade. Anote as respostas. Organize com os colegas e o professor uma discussão partindo das seguintes frases:

- Eu quero. Mas eu preciso?
- É necessário desenvolver uma postura crítica em relação à propaganda dos produtos.

Por dentro do texto

Personagens e enredo

1. Imagine que você tivesse de descrever Haroldo Paiva a um colega que não leu a obra. O que diria sobre essa personagem?

2. E sobre Brás Cubas?

3. Que semelhanças se percebem entre as duas personagens?

4. "Apesar dos dois séculos de distância entre o mundo em que vivi e o seu – disse Cubas –, não é de espantar que nossos

problemas sejam os mesmos. Temos a história do Brasil em comum." (p. 33) Em vida, tanto Brás Cubas como Haroldo sofreram de tédio. Segundo Cubas, qual a relação entre esse tédio e a história do Brasil?

5. Por que Brás Cubas faz contato com Haroldo?

6. Qual a importância da teoria dos narizes para a realização dos projetos póstumos de Brás Cubas?

7. Existem no mercado centenas de remédios para combater a depressão. O que haveria de especial no de Brás Cubas?

8. O emplastro traria benefícios à humanidade, curando-a da melancolia. Mas será que o sentimento que movia Brás Cubas a realizar seu projeto era nobre? Por quê?

9. No livro, como é retratado o mundo da publicidade?

10. Na viagem de "saltos no tempo", ficamos conhecendo o futuro do mundo com o emplastro. Pode-se dizer que ele realmente se tornou melhor?

11. Duas revelações surpreendem o leitor no final da história. Quais?

Foco narrativo

12. Narrador é quem conta uma história. Qual das opções abaixo define o narrador de *Projetos póstumos de Brás Cubas*?

( ) Trata-se de narrador-personagem: relata os fatos em primeira pessoa, de acordo com seu ponto de vista.

( ) Trata-se de narrador-observador: não participa da ação e conta os fatos em terceira pessoa, não revelando o que as personagens pensam e sentem.